# 今日、優等生は死にました

九条蓮



双葉文庫
パステルNOVEL

**「#優等生は死にました」**をつけて、
お気に入りのエピソードや感想を写真とともに、
SNSで投稿してみてください。

# 目次

# 一章

# 新しい世界の幕開け

# 1

「あーあ、ついにやられちゃったかぁ……」

ボロボロにされた世界史の教科書から夕闇に染まった空へと視線を移し、私は大きな溜め息を吐《つ》いた。私の落胆と失望、それから明日からの不安が存分に込められた吐息は、夕闇の迫った寂《さび》れた公園の中に溶けていく。

ゴールデンウイークが終わった五月初旬なので、もちろん冬のように息は視《み》えない。もし先ほどの吐息が可視化できていたら、さぞかし気持ちの悪い色をしていただろう。自分でもそう確信できてしまうほど、負の感情を含んだ息だった。

「注意、してたんだけどな。明日からどうしよっか」

意外にも冷静さを取り戻している自分に少し感心しながらも、ギリギリ本の形を保っている——ゴミ同然とも言える——世界史の教科書の裏表紙を見た。

誰かの教科書が間違って入ってしまっていたと思いたいが、裏表紙の氏名欄にはしっかりと『外瀬深春《とのせみはる》』と書いてある。どうやら私の教科書で間違いないらしい。

教科書はびりびりに破かれている他、至る所に私への罵詈雑言《ばりぞうごん》が汚い文字で記されていた。ビッチだのぶりっこだの整形ブスだのパパ活女だの死ねだの、よくもまあここまで低俗な言葉が思いつくなと思うほどに好き放題に書かれている。一つでも本当のことがあれば納得もできるのだけれど、何一つ本当のことが書かれていないので、鼻で笑うしかなかった。

　どの程度私への怨みが込められているのか、それともただ鬱憤《うっぷん》を晴らしたいだけなのか、真意はわからない。ただ、私を傷つけるためだけに用意された悪意ある言葉が、歴史上の偉人達の顔の上に羅列されていた。

「……小学生みたい。高校生ならもうちょっと頭使ってよ」

最後のページまで目を通してから、私は失笑を漏らした。

進学校の高校二年にもなって、やっていることも悪口の内容も小学生と大差がない。これを書いた人達は、成長や学びといった、人として最低限持ち合わせていなければならないものを母親の子宮に置き忘れてきたとしか思えなかった。

「なんて、ね……動揺しちゃった時点で、私の負けだよね」

背中まである真っすぐの髪に手櫛を通し、自嘲《じちょう》する。

今でこそこうして冷静さを取り戻しているけれど、この無残な教科書を発見した時はこうではなかった。

　学校帰りにいつものように勉強しようと図書館に寄って、いつもの自習机を確保した時に、いつもと異なる事態が起きた。鞄を開けると、ほんの数時間前までは本としての形を保っていた世界史の教科書が変わり果てた姿になっていた。

　傷々《いたいた》しい姿となってしまった教科書を見て、私の思考は一旦停止した。それから事態を理解した瞬間に、どくん、と心臓が嫌な音を立てる。

体温が急激に上昇し、心臓が激しく脈打って身体に汗がじわりと滲む感覚。それなのに、胸のあたりだけは氷みたいに冷たくなって、居ても立っても居られなくなる。実に不愉快な気持ちだ。

私はそれらの感情をなるべく表には出さないようにして、周囲の人達に手元のものを見られていないかを確認した後、すぐに図書館を後にした。

外に出てからも嫌な心臓の高鳴りはやまない。冷静に現状を理解しようとする自分と、パニック状態に陥った自分に板挟みにされながらも、とりあえずは頭を冷やすために街を歩いた。そうして辿り着いたのが、繁華街の隅っこにある寂れたこの公園。近くには飲み屋街もあって、決して治安がいい場所ではない。でも、誰からも存在を忘れられてしまったかのようなこの公園の雰囲気は、妙に私の関心を引いた。きっと、私はただ人の目から逃れたかったのだと思う。この寂れた公園は、そんな私の需要をしっかりと満たしていた。

それから隅っこのベンチに腰掛けること数十分、どうにか冷静さを取り戻して今に至る。

六時、か……まだお母さん、家にいるよね。

スマホの時計を見て、本日何度目かの溜め息を吐いた。

きっと今、私は酷《ひど》い顔をしている。こんな顔を見られたら、お母さんを心配させてしまうのは火を見るよりも明らかだ。

母子家庭で裕福ではなかったけれど、お金に困ったと感じたことはなかった。それは十年以上お母さんが自分の自由や睡眠時間を削って働いていてくれたからだ。

高校二年になってようやく手の掛からない年齢になったのに、今またお母さんに迷惑を掛けるわけにはいかなかった。

これは私が自らに課した枷《かせ》のようなものだ。お母さんの自由をずっと奪ってきた、私の枷。

だからこそ、私は自分でなんでもできるようにならなければならなかったし、できるだけお金もかからない〝優等生〟でいなければならなかった。

学校が終わってから図書館で勉強をしているのも、自分を勉強しなければならない環境に置くためだ。

「何よ、パパ活に整形って……そんなお金があるなら、図書館で勉強なんてしないで塾なり予備校なり通ってるでしょ。バカにしないでよ」

私はボロボロの教科書を握り潰し、悔しさにぎゅっと目を瞑《つむ》る。

もちろん、〝優等生〟はお母さんのためだけにやっていたわけではない。大いに自分のためでもあった。〝優等生〟でさえいれば面倒な問題には巻き込まれないと思っていたからだ。

けれど、私の予想は思わぬところで外れることとなる。しかも、それは私の力が及ばないところで。どうして私がこんな目にあわなければいけないのか、どこで何を間違ったのかさっぱりわからない。何もかも納得できなかった。

　こうした嫌がらせが一度きりなわけがない。むしろこれは始まりに過ぎないだろう。おそらく、この教科書を痛めつけた人達が満足するまで、この嫌がらせは続くはずだ。

　果たして、私はそれが終わるまで耐えられるだろうか？　お母さんにも先生にも気づかれずに、最後まで何事もなく〝優等生〟を演じ続けられる？　正直、その自信はあまりなかった。

　どうしようかな、と目を閉じて頭を悩ませていた時だった。忘れ去られた公園に、誰かが足を踏み入れる音がしたのだ。

　この公園を通り抜ければ、一本向こうの通りに出られる。近道として利用する人もいるのだろう。

　けれど、その足音は私の近くで不意に止まった。そして、聞き覚えのある声が頭上から降りかかってくる。

「……あれ。お前、もしかして泣いてんの？」

「え？」

　まさか話し掛けられるとは思っておらず、困惑して目を開けたその時――私は目の前に立っていた男性に、思わず目を奪われた。

　黄金色《こがねいろ》の光が、後光のようにふわりと彼の背後に広がって見えたのだ。それは夕闇の寂れた公園を背景に、まるで金色の翼を羽ばたかせたかのようで、どこか幻想的に見えた。

もちろん目の前の男は後光を放っていたわけでもなく、金色の翼を広げたわけでもない。ただ、彼のロングウルフスタイルの金髪が風で広がっただけだった。

「あっ……」

金髪の男は私と同じ学校の制服を着ていた。整った顔を少し傾け、眉を顰《ひそ》めつつこちらを見下ろしている。

私は彼を知っていた。いや、知っているというか、同じクラスで席も隣なので知っていて当然。でも、違うクラスだった一年の頃から彼のことは知っていた。彼は一度見たら忘れられないほど印象深い人物なのだ。おそらく同学年全員、いや、他学年の生徒も彼の顔と名前は知っているに違いない。

彼の名前は三上碧人《みかみあおと》。正直に言うと、私が苦手としているタイプの人間だった。

苦手な理由は、上手く言葉で表現しにくい。なんとなく住んでいる世界が違うと本能的に感じた、というのが近いだろうか。それは、特徴的な外見にも顕著に表れている。

肩まで伸ばした金髪に切れ長の目、中性的で綺麗に整った顔立ち。色白ですらりとした細身な体格に、背も高くてまるで雑誌モデルのような風貌。おまけに、耳にはいくつもの大きなピアスがはめ込まれていて、その存在感を更に強めている。

口は悪く、思ったことはズバズバ言う性格で、空気を悪くすることも厭《いと》わず不機嫌オーラを放っている。素行ももちろん良くはなく、授業をサボっているのか席が空いていることも多かった。

どこからどう見ても不良……三上碧人とは、一応は進学校である私の学校ではそう認識されている人物だったのだ。それでいてやや大人びている雰囲気もあるので、どこか近寄りがたくもあった。そのせいか、学校では基本的にひとりでいることが多い。また、派手な外見も相まって、良くない噂をいくつも持っている。夜中まで遊び散らかしているとか、女の子を食べまくっているとか、言ってしまえばイケメンにありがちな噂だ。

その噂が本当かどうかまで私は知らないし、興味もなかった。まあ、見るからに女遊びが激しそうな男の子であるのは間違いないけれど。とにかく、〝優等生〟な私とは正反対な人種だったので、関わりたくなかったのだ。

「なんだよ、その意外そうな顔。同じクラスだろ、一応」

金髪の不良男子は私の手元にある本をちらりと見ながら言った。

確かに同じクラスで隣の席ではあるけども、これまで話したことはない。そんな人にいきなり街中で話し掛けられ、困惑するなというほうが無理だった。

「そんなこと言われても、こんなところで会うとは思ってなかったし……普通は意外に思うんじゃない？」

私は咄嗟《とっさ》に鞄に教科書をしまうと、いつもの笑顔で答えた。

たぶん、教科書の件はバレていない。私の手元は見ていたけど、今はもう暗いし、仮に見られていたとしても彼には関係ないはずだ。性格的にも触れてこないだろう。もしかしたら笑顔のほうはいつも通りとはいかなかったかもしれないけれど、今は夕闇が私の味方をしてくれているのできっと大丈夫。と、信じたい。

「ふーん……で、お前こんなところで何してんの？」

三上碧人は自らの金髪を手で掻き上げ、肩に掛けたギターを背負いなおして訊いた。

そうだ、確か彼はバンドをやっているとかで、よく学校にもギターを持ってきていた。今日も教室の隅っこにギターを立てかけていた記憶がある。バンドの用事か何かでこのあたりを通ったのだろうか。

「あなたには関係ないでしょ？　私がどこで何してようが、私の勝手だし」

教科書のこともあってか、つい苛立った物言いで返してしまった。

私だってできれば早く家に帰りたい。でも、まだお母さんが家にいるから、帰るに帰れないだけなのだ。

不良少年は「まあ、確かに」と鼻で笑ってから、「でも」と続けた。

「ここらへんは飲み屋街だし、もうちょっと行くとラブホ街なんだけど。さすがに制服でうろつくのはやばくねーか？　それとも、意外にもそういう趣味あんの？」

「ラ、ラブ――!?」

私は顔を紅潮させ、声にならない声を上げていた。

あなたも制服じゃない、だとか、ほっといてよ、だとか、色々言い返すべき言葉はあったはずだけど、上手く言い返せなかった。

ラブホ街が近くにあるとは思っていなかったのと、『そういう趣味あんの？』という質問が教科書に書かれていた誹謗中傷とリンクしてしまって、つい動揺してしまったのだ。

「えっ。まさか、当たってたとか？」

「ち、違うから！　たまたま！　ほんとにたまたま、ここを通っただけだからッ」

「だよな」

はっはっはっ、と金髪男は茶化したように笑って八重歯を見せた。

きっと私が焦って言い訳をするのをわかっていて訊いたのだろう。本当に性格が悪い。やっぱり私の苦手な人間だ。

「ま、冗談はともかく……優等生には似合わねーだろ、こんな場所」

彼は小さく息を吐くと、ネオンの光が灯《とも》った看板へと視線を送った。

ガールズバー、という文字が光っている。どうやら本当に夜のお店が集まっている場所らしい。他にも、暗くなってきたからか、ちらほらと如何《いかが》わしいお店の看板が目立ち始めてきた。

「用事ないならさっさと帰れば？　こんなところにいると、ほんとに誘い待ちかと思われんぞ」

不良少年が目を細めた。

私が飲み屋街の公園にいるのは確かにおかしいのだけれど、同じ学校に通う彼にそんなことを言われる筋合いはない。だったら自分も帰れば、と言い返してやりたかった。

「……まだ、帰りたくない」

私は迷った末、俯《うつむ》いたままそう答えた。

不良が「まだ？」と重ねて訊いてきたので、無言でこくりと頷《うなず》く。

帰るなら、お母さんが家を出た後に帰りたい。今はまだ、お母さんの前でいつもの演技ができる自信がなかった。

どこか喫茶店かファミレスに入ることも考えたけど、明るい場所は嫌だった。否応《いやおう》なしに人の視線が気になるからだ。今はとにかく誰とも会いたくない。

金髪不良は黙ったままでいる私を見て、「……あ、そ」とただ溜め息を吐いただけだった。

それから背を向けて歩き出したかと思えば、こちらを振り返り、ぶっきらぼうな物言いで彼はこう尋ねた。

「今から俺が行くとこで時間潰す？　一応、ここよりはマシだと思うけど」

*

私は一体何をやっているんだろう――？

揺れる金髪を後ろからぼんやりと見上げながら、そんな疑問を抱いていた。

三上碧人の提案に合意したものの、結局彼は行先を告げなかった。それから「じゃあ、ついてこいよ」と言って、後は繁華街のど真ん中をずいずいと歩いていくだけだ。

周囲には飲み屋さんや色々な種類の、いわゆる〝女性が接客するお店〟が立ち並んでいて、私にとっては完全に未知の領域だった。

目の前の不良少年と同じような派手髪の男達、あるいはほとんど下着みたいな薄着のお姉さん達が客引きを行っていて、制服の私達に対して奇異の視線を向けている。

正直、自分でもどうしてこんな成り行きになったのかわからない。ただ、不思議と私は彼の誘いを断らなかった。

それは小学校高学年くらいからずっと演じてきた〝優等生〟があまりに役に立たなくて自暴自棄《じぼうじき》になっていたのかもしれないし、私と全く違う人種である三上碧人がどんな場所に行くつもりなのか、興味本位で知りたかっただけなのかもしれない。

ただ、少なくとも、ボロボロになった教科書を眺めていた時ほど気持ちはギスギスしていなくて、どちらかというとドキドキやワクワク、それに相反するほんの少しの恐怖心で満たされていた。

お母さん、私が不良とこんな場所をうろついてるって知ったらどう思うかな？

ふと、あっけらかんとした母の笑顔を思い出す。

うちは昔から母子家庭だ。お父さんは私が物心つく前に事故で亡くなっていて、以降お母さんが看護師として身を粉にしながら働いて私を育ててくれた。

白衣の天使だなんだと一般的には言われているが、看護師はどちらかというと、重労働だ。患者の命を預かる仕事であるが故に常に細心の注意を払わなければならないうえに、接客業としての側面もあるので、気持ちが休まる時がないそうだ。想像よりも遥かに大変な職業なのだと思う。

しかも、お母さんは病棟勤務の看護師で、生活も不規則だ。深夜帯の勤務も多い。

「夜勤は効率良く稼げるから」と自分から進んで夜勤に入っているけれど、それもきっと、私の学費や生活費のためだろう。お父さんが死んでから新しい恋もせず、ただ私を育てるためにお母さんは毎日、働いてきてくれていた。

小学校の高学年にもなってくれば、そんな母の偉大な姿も見えてくる。だからこそ、私は自分でできることは全部するようになったし、〝優等生〟でいようと頑張った。片親だからなんだと言われないよう、両親がいる同級生よりも優秀であり続けたのだ。私のために頑張ってくれるお母さんの負担をこれ以上増やしたくなかったし、不安にさせたくもなかった。

私の〝優等生〟としての生活は、それなりに上手くいっていた。いや、理想的だったと思う。私は真面目で勉強も欠かさなかったし、先生からの頼みごともできる限り聞いてきた。かといって孤立するわけでもなく、クラスの女の子達とのコミュニケーションもちゃんととって交流を怠《おこた》らなかった。外見も気を遣って可愛く見られるように努めているし、スタイルを保つために美容にも気を遣っている。もちろん、ぶりっこに見られないよう態度にも注意を払っていた。

そんな風に、私は誰にとっても〝ちょうどいい〟生徒でいようと心掛けてきた。そうすればお母さんも安心するだろうし、私自身も穏やかで平和な学生生活を送れると思っていたから。

唯一の後悔を挙げるとすれば、親友と呼べる存在を作れなかったことかもしれない。ただ表面上だけ仲の良い友達と過ごして、心から信用できる友達を敢えて作らなかった。誰かに偏ると、そこの争いに巻き込まれるリスクがある。それを避けたかったのだ。

これに関してはどちらが正しいかわからない。少なくとも、私が無理をしてまで深く仲良くなりたいと思わなかったのは、そもそも親友となるべき人がいなかったのだと思う。

けれど、今日——そんな安定した日常に、綻《ほころ》びが生まれてしまった。いや、綻びが生まれつつあったことにはうっすらと気づいていた。きっと大丈夫だろうと楽観視して放置していたのが、どうやらダメだったらしい。

ただ、正直私としてはどうしようもなかったのだから、恨まれる筋合いなどないとは思うのだ。もっとも、私の言い分を教科書を破いた人達に伝えたとしても、受け入れてはもらえないだろうけど。

「お前さ」

暫《しばら》く繁華街を歩いた後、三上碧人が前を向いたままこちらに声をかけた。

「……〝お前〟じゃないから」

さっきから『お前』『お前』と呼ばれていたことに引っ掛かりを覚えていた私は、次の言葉を待たずに言い返してやった。

少し言葉が強かったからか、彼はぎょっとした顔でこちらを振り返った。

「外瀬深春。〝お前〟じゃないよ」

「ああ、そっか。そうだったな」

彼が立ち止まって振り向き、肩を竦《すく》めてみせる。振り返った拍子に、ふわりと香水の匂いが鼻腔をくすぐった。

男性の香水など嗅ぎ慣れていないけれど、気品がありつつ色っぽさも持ち合わせたその香水は、やけに彼にしっくりきていて、イメージにぴったりだ。などと考えていると――

「じゃあ、深春」

突然呼び捨てにされて、私は思わずばっと顔を上げた。

同じクラスになって一ヵ月ほど経つけれど、ちゃんと話したのは今日が初めてだ。自己紹介すらした記憶がないのに、いきなり呼び捨て？　それが不良のルールだとでも言うのだろうか。

「……何？」

私はなんとも言えないモヤモヤとした気持ちを隠すように自らの髪を指先でいじりながら、彼を見上げた。

男子に名前で呼ばれたことなど初めてだったので、どう反応していいかがわからない。ほぼ話したことがなかった相手から呼び捨てにされる違和感、あるいは居心地の悪さというのだろうか。彼の整った顔立ちと同い年とは思えない大人びた雰囲気から少しドキドキさせられてしまっている感も否めないけれど、それだけは絶対に表に出すまいと誓っている。

こっちだけドキドキさせられているようでなんだか腹立たしいので、私も後で『碧人』と呼び捨てにしてやろう。全く親しくない人間から名前を呼ばれるなんとも言えない気持ち悪さを味わえばいいのだ。もっとも、高校生で夜の街を闊歩《かっぽ》している人間が、名前を呼び捨てにされた程度で動揺するとも思えないけれど。

「……いや、なんでもない。何時くらいまで時間潰したいわけ？」

「え？　んー……あと二時間弱くらい？」

私はスマホで時間を確認してから言った。

お母さんは今日夜勤なので、九時前には家を出るはずだ。今は六時半過ぎだったので、二時間も時間を潰せばちょうどいい時間に家に帰れるだろう。

「ああ、じゃあちょうどいいかな。ほら、着いたぞ。そこ」

碧人はそう言って目の前のビルを指差した。その指先を視線で追って、私の口から「えっ」と困惑の声が漏れる。

如何にも怪しいビルで、上の階層は綺麗なお姉さん達が出迎えるかのような看板が並んでいる。『マッサージ』と書いてあるが、私の知っている整体マッサージとは違うものであろうことは明白だ。

「違う違う。下だ、下」

上の階の看板を見て当惑していた私がよっぽど面白かったのだろう。碧人は八重歯を見せて、くっくと喉の奥で笑っていた。

「下……？」

言葉に釣られて視線を下に向けてみると、そこには見慣れない単語が書いてあった。

LIVEHOUSE〝神楽〟──雑居ビルの地下へと続く看板に、そう記されていたのだ。

「……ライブハウス？」

この単語は知っていた。でも、声に出したのは人生で初めてだ。

「そ。今から俺、ここでライブすんの」

「えっ、ライブ⁉　今から⁉」

予想外の言葉に、私は吃驚《きっきょう》の声を上げる。音楽をやっているのは知っていたけれど、まさか今日ライブをするとは思ってもいなかったのだ。

っていうか、ライブ前だったのに私に声を掛けたの？　ますますこの三上碧人という人間がわからない。

「ライブハウス、初めて？」

碧人の質問に、こくこくと頷く。

もちろん存在は知っていたけど、私には縁のない場所だと思っていた。というか、学校からそう離れていない場所にライブハウスがあるとも思っていなかった。

「お、やったじゃん。じゃあ初ライブハウス記念だな。薄暗いから他人の視線も気にしなくていいし、ここなら時間も潰せるだろ？　あと、エロいおっさんに絡まれることもないから、あんな公園にいるよか幾分《いくぶん》かマシだ」

「ま、待ってってば！　私、行くなんて言ってない」

呵々《かか》として笑ってそのまま階段を下りて行こうとするので、慌てて碧人を呼び止める。

「いや、だってお前、ついてきただろ」

「それはそうなんだけど、ライブハウスだなんて思ってなかったしッ。あと、〝お前〟じゃないから！」

「あー、はいはい。ごめんごめん。深春な」

碧人は特段反省した様子も見せずめんどくさそうに言うと、また階段を下りて行こうとした。

「だ、だから！　行かないって！　っていうか今日お金持ってないし！」

私は階段横にあったスタンドボードをちらりと見て言った。

そこには、今日の日付とイベントタイトルらしき文言、それと出演者やチケット代・ドリンク代なんかが書かれている。ライブハウスに入るためには当然入場チケットを買わなければならず、どうやら本日はチケット代とドリンク代合わせて三千円を支払わなければならないイベントらしい。

三千円の手持ちがないわけではないけれど、できるだけ出費を切り詰めたい私にとって、三千円はそこそこな金額だ。そんな余裕などない。

「あー、チケ代のことか。大丈夫、パス出すから」

碧人は何かよくわからないことを言って、私の前まで戻ってくると「いいから」と顔をぐっと私の近くに寄せてきた。

「――――!?」

視界いっぱいに広がる碧人の顔に、思わず息を呑んだ。こんなに近くで男子と向き合うなんて初めてで、胸の奥で心臓がドキドキと跳ねる。

固まって動けない私をじっと見つめながら、碧人はほんの一瞬だけ眉を寄せた。その整った顔とわずかな表情の変化が、不意に胸の中をざわざわと揺らしていく。

「あんま時間ないんだよ。とりあえず来いって。気に入らなかったらすぐ帰っていいから」

勝手なことを言いながら、碧人は私が戸惑うのもお構いなしにズンズンと歩き出し、怪しげな雑居ビルの地下へと私を誘い込んでいく。

誘い込む、というと語弊があるかもしれないけれど、私からすれば似たようなものだ。彼の勢いに押されてついていく以外に選択肢がなかったのだから。

突然の展開に頭がついていかないまま、ただ碧人の背中を追って階段を下りる。階段の下は私が普段見ている世界とはまるで違っていて、どうすればいいのかわからない。

汚れたレンガ壁はアイドルやバンドなど色々なアーティストのポスター、中には怖い感じのイラストだったり少し卑猥《ひわい》なポスターだったりで埋め尽くされている。一体私はどこの国のスラム街にいるんだろうかと思わされてしまうほど、薄汚れた場所だ。ドキドキやら怖さやらよくわからない感情が入り混じって、パニックを起こしそうだった。

「あー、汚いからビビってんの？　大丈夫、そういう演出だよ。中は毎日掃除されてるし、ちゃんと綺麗だから」

碧人は振り返りざまにそう言いながら、更に奥へと進んでいった。

言われてみれば、この薄汚れた雰囲気も意図的に作られたものだということがわかる気がした。なんとなく、メディアで見た『ライブハウス』のイメージに近い。それに、昔読んだ少女漫画に登場したライブハウスも、確かこんな感じの薄汚れた雰囲気だった。

「ここは老舗のハコだからこんな感じだけど、新しいところはクラブみたいでもっと洒落《しゃれ》てるよ」

「そ、そうなんだ」

私はそう切り返すのが精一杯だった。

ハコって何とか、クラブとライブハウスってどう違うの、とか、色々疑問に思ったことはあったけど、碧人のペースについていくのに精一杯で、そんなことを訊ける余裕などあるはずがない。

早足で階段を下りながら、碧人の背中を追い続ける。どうしてこんなにも心臓がバクバクしているのか、自分でもよくわからなかった。階段を下りているだけなのに、まるで足元からどこか非現実的な空気に引き込まれていくような感覚に陥る。

きっと碧人の雰囲気に呑まれているのだろう。普段とは違う場所に連れ込まれたことで、妙に意識してしまっているだけだ。そう自分に言い聞かせてみるけれど、それでも胸の高鳴りは一向に収まってくれない。

碧人はいつもこんな感じで、ライブハウスに人を連れてきているのだろうか？　だとすれば、もう少し連れられる側の気持ちも考えてほしい。おかげで私の心臓はさっきから早鐘の如く鳴っているし、もし生物の寿命が鼓動の回数で定められているのだとしたら、きっと私はこの階段を下りるまでの間でかなりの寿命を消費させられたに違いない。

そんな私の不満など露知らず、碧人は受付のお姉さん――口にピアスがたくさん開いていて緑色の髪をしていた――と話して何かを受け取ると、それを私にぽんと手渡した。

「……なにこれ？ シール？」

薄っぺらいサテン生地のシールを見て、私は首を傾げる。

生地には『GUEST PASS』と印字されており、今日の日付と『カタカムナ』という文字がマジックペンで書かれていた。『カタカムナ』って何？ 何かの合言葉？ と疑問に思っていると、どうやら碧人のバンドの名前らしい。ややこしい。

「ゲストパス。それ、服のどっかに貼っといて。それで自由に出入りできるから」

「……そうなんだ」

言われた通り、制服の裾にサテンシールを貼り付ける。

学校の制服にシールが貼ってあるのが何だか不自然で不格好ではあるけど、如何にも関係者っぽいシールが貼られているだけで、ほんの少し普段と違う自分になれた気がした。

って、待て待て私。ちょっと流され過ぎでしょ。

初めての文化を目の当たりにして素直に言うことを聞くだけの自分に、思わずツッコミを入れてしまった。

自分ではもう少し警戒心が強いつもりだったけれど、普段と状況が異なるだけですいぶんと私は流されてしまうらしい。

ううん……そうじゃないか。きっと私は、ずっと流されてきたんだ。

ふと自分の生き方を思い返して、苦い笑みを漏らす。

ただお母さんに迷惑を掛けないために〝優等生〟として立ち振る舞っているだけの自分のどこに意思があったのだろうか。ずっと他人の顔色をうかがって生きてきただけだ。

「あーっ、やっと来た碧人！　もうすぐ出番だよ⁉」

背中から、そんな声が急に掛けられて思わずびくっと振り返る。

そこには碧人と似たような雰囲気――と言っても茶髪だけど――でホストのような格好をした男性が立っていた。

同じバンドのメンバーだろうか？　碧人とふたり並ぶとそれだけでこの汚い雑居ビルが華やかになる。

見たところ、大学生といった感じで私達よりも少し年上な気がする。碧人も高校生にしては大人っぽいけれど、彼の前ではほんの少し幼く見えた。

「わり、衣装忘れて取りに帰ってた。さすがに制服で出るのはまずいだろうし」

「そりゃそうだけど、さすがにギリギリ過ぎてこっちも――」

怠《だる》そうに接する碧人に対して物言いたげな様子の茶髪ホストくんは、彼の隣にいた私に視線を送った。

それから数秒固まった後に、唐突に瞳を輝かせ始める。

「って、女子高生⁉　なになに、碧人カノジョ連れてきたの⁉　っていうかカノジョいたの⁉」

「ちげーから！　クラスの奴！　ちょっとそこで拾ったんだよ！」

碧人は苛立った様子で即答した。

私が答えるまでもなく否定してくれたのは有り難いけれど、その言い方は少し癪《しゃく》に障《さわ》る。そこで拾ったって何。猫か私は。

「えっと……急にお邪魔してしまって、すみません」

私はおずおずと茶髪ホストくんにお詫びした。

言われるがままに連れられてきた私が謝るべきことでもないと思うのだけど、一応挨拶はしておいたほうがいいだろう。だって、なんか大学生って怖いし。

「え、めちゃカワじゃん！　こんな子がクラスメイトなの？　マジ羨ましいわー。僕なら絶対コクってるよ」

さらっと『可愛い』と言われてまたドキッとしてしまったけど、それほど驚くことも意識することもなかった。

それはきっと、この茶髪ホストくんの言い方があまりに軽いからだろう。おそらく彼は、女の子にならば誰にでもこんな感じのことが言えてしまう人なのだ。

「僕は宗太《そうた》。碧人のバンドのボーカルだよ」

茶髪ホストくん改め、宗太さんは柔らかい笑みを浮かべてすっと手を差し出した。

「外瀬深春です」と答えておそるおそる握手に応えると、彼は優しく手を握り、もう一度こちらに向けてにっこりと微笑んだ。

おそらく多くの女性はこの笑顔だけでころっといってしまうのだろうけど、私にはあまり響かなかった。というか、あまりに馴れ馴れし過ぎて嫌でも警戒してしまうのだ。

初対面の人にこんなことを思うのは失礼なのかもしれないけれど、碧人とは異なる怖さが彼にはあった。土足で人の部屋に上がるのではなく、気づけば人の部屋で寛《くつろ》いでいて「やあ」とか笑い掛けてきそうな怖さだ。

「よろしくね、深春ちゃん」

「よ、よろしくお願いします」

また男の人に名前で呼ばれた、と驚いたけれど、あまりに自然過ぎて碧人の時よりも驚かなかった。もしかすると、バンド界隈だと名前で呼び合うのが普通なのかもしれない。

「じゃあ、俺らもうすぐ出番だから、ホールん中入ってて。帰りたかったらいつでも帰っていいから」

碧人はぶっきらぼうにそう言って防音扉のほうを親指で指差してから、宗太さんと裏口のほうへと身体を向ける。どうやら楽屋はホールとは逆側にあるらしい。

何か声を掛けたほうがいいのかと迷っていると、「あ、そういえば」と碧人が振り返った。

「深春、イヤホン持ってる?」

「え、持ってるけど……」

イヤホンなら鞄の中に入っている。図書館で勉強する時はスマホで音楽を聴いているからだ。

「それがどうかしたの?」

「たぶんうるさいだろうから、耳栓代わりに突っ込んどけ。大分《だいぶ》マシになるから」

私の返事を待たず、碧人は急いだ様子で宗太さんと楽屋のほうへ向かっていった。

私に背を向けた後、宗太さんが少し声を潜めて「ねえねえ。深春ちゃんって如何にも優等生って感じだけど、碧人ってああいう子がタイプなの?」と訊いていたのが耳に入った。碧人は「だから、ちげーっつの!」と苛立った様子で返していたけれど、それよりも宗太さんの優等生という言葉に胸がチクリと痛んだ。

きっと昨日までならなんとも思わなかった。むしろ、少し誇らしい気持ちになっていたはずだ。でも、今の私にとっては憂鬱《ゆううつ》な言葉でしかない。

それと同時に、そんなことを考えている自分に少しおかしくなる。

「昨日までの〝優等生〟な私なら、こんな場所には来なかったよね」

私はくすっと笑ってから、重厚な防音扉に手を掛けた。

## 2

イヤホンを耳栓代わりにしろ――碧人が去り際に言ったこの言葉の意味は、すぐにわかった。

防音扉を潜《くぐ》った直後はまだバンドの演奏が始まっておらず、落ち着いた雰囲気だったのだけれど、幕が開いて演奏が始まった瞬間は鼓膜が破れるかと思った。間違いなく私の鼓膜史上最もうるさい瞬間だったに違いない。

私は小さく悲鳴を上げると、慌てて鞄の中からイヤホンを取り出して耳栓代わりに突っ込む。すると、確かに鼓膜への負担はだいぶ軽減できた。ただ、それでも音圧までは軽減できない。

ステージ上のアンプやステージ左右に設置された見たこともないような大きなスピーカーから放たれる爆音が、私の身体にびりびりと振動を与えてくる。

わぁ……これが音圧なんだ。

私は初めて味わう音の圧力に、得も言われぬ感動を覚えていた。

ジェットコースターの風圧とも違うし、水の中の水圧とも異なるし、私に頭痛を齎《もたら》す気圧とも異なる、音の圧。見えないし、何かが触れているわけでもないのに、確かに何かに圧倒されている感覚がそこにはあった。

今演奏しているのは、碧人達とは異なる雰囲気の男性四人組のバンドだ。服装もTシャツとパーカー、ジーンズといったいわゆる私服に近いもので、髪を染めているといっても茶髪くらいで金髪なんていない。

でも、そんな普通の外見とは裏腹に、音楽はアグレッシブだった。ラウドロック、というジャンルなのだろうか。詳しくないのでわからないけど、とにかく激しい音楽だ。お客さんも頭を振ったり大声を上げたりと、バンドに呼応して激しい。

どうやら男性ファンが多いバンドらしく、フロアの前方は男性のお客さんがほとんどだった。女性のお客さん達は後ろで品定めするように眺めていて、身体でリズムをとっている程度。

コンサート自体行ったことがない私にとって、この光景も目新しいものだった。目当てのアーティストとそうでないアーティストでお客さんの楽しみ方も全く違う。

実際にライブハウスという場所に初めて入ってみて意外だったのは、案外人が多くないということだった。ライブハウスと言えばいつでも満員でぎゅうぎゅう詰めなイメージだったけど、人がいるのはフロアの半分程度だろうか。後ろのほうは空いていたので、私はステージ上手側の壁際でそのバンドをぽかんと観ていた。

男性四人のバンドは激しいサウンドに英詞を乗せて、英語で煽《あお》っている。まるで外国人のバンドみたいだ。音楽に詳しくない私がバンドの良し悪しなんてわかるわけがないけれど、とりあえず私の好みではないらしい。

碧人のバンド、次って言ってたっけ？

英語で何かを叫んでいるボーカルさんを横目に、私は初めて入るライブハウスをきょろきょろと見回した。

室内は暗く、視線は否応なしにステージへと向けられつつも、出演者が自身の物販スペースを作っていたり、その奥ではライブハウスのスタッフさんがステージを凝視しながら手元の機材を動かしているのが見える。

バーカウンターでは若い女性店員――こちらも受付のお姉さんと同じく派手髪だった――が出演バンドを眺めながらコップを拭いていて、お客さんから注文を聞いてはドリンクを作っている。よくこんな喧《やかま》しい空間で注文をちゃんと聞き取れるなぁと感心してしまった。私には無理だ。自分の声を届ける自信もない。

音の圧や煌びやかな照明、お客さんの歓声、ステージの上で自分達を表現するバンドマン達……私は初めて見る空間に、胸をドキドキと高鳴らせずにはいられなかった。

確かに音楽そのものは私の趣味ではないのだけれど、彼らが一生懸命演奏して、何かを伝えようとしているのはしっかりとライブハウス初心者の私の胸にも届いたからだ。

そして、私の胸の高鳴りには別の期待も含まれていた。

碧人は……どんなライブをするんだろう？

退屈そうに学校の授業を受けている碧人がふと脳裏に蘇った。

今日も同じ教室で、同じ授業を退屈そうに受けていた金髪の不良。心のどこかで落ちこぼれの不良だと思っていたけれど、ただ私が正しいと思っていた価値観とは全く違う価値観の中で生きているだけなのかもしれない――なんとなく、そんな風に考え始めていた。

気づけば私は、そのバンドを観ながらも、心の中は碧人のことでいっぱいだった。

彼とは今日初めてちゃんと話しただけで、それ以上のことは何も知らない。あとは怠そうに、そして退屈そうに教室で過ごしていて、周りから浮いているということぐらいだ。

でも、きっとそれは彼のほんの一部でしかない。〝優等生〟であることがほとんどだった私とは、きっと異なるはずだ。

だからこそ、彼のことが知りたくて、見たことがないクラスメイトの姿を早く見たくて、知らず知らずのうちに気持ちがそわそわしていた。

そうこうしているうちに、四人組のラウドロックバンドの演奏が終わって、出演アーティストの入れ替わり時間――後で知ったことだけど、転換時間というらしい――になった。フロアの照明がほんの少し明るくなって音楽が流れ始め、ざわざわと人が動き出す。先ほどまで前のほうで騒いでいた男性客達が興奮冷め止まぬといった様子で隣のお客さんと話しながら、すっとフロアの後ろに下がり、代わりにそれまで後ろで観ていた女性客達がステージ近くへと詰めていく。

どうやら目当てのバンドが終わると、空気を読んで入れ替わるシステムらしい。整理番号などで場所が決まっているコンサートとはルールそのものが違うようだ。さっきまではフロアの前方部分しか埋まっていなかったのに、いつの間にか女性客が増えていた。若くて綺麗な女性ばかりだ。みんなどこかにデートに行くのかと思うようなお洒落をしてきている。

もしかして、碧人のバンドのファン？

まさかな、と思いつつも、宗太さんや碧人の雰囲気を見れば、女性が好みそうな気もする。実際、その女性達の会話に『宗太』や『碧人』といった名前が出てくるので、おそらくファンなのだろう。

ファンもいるんだ……凄いな。私と同じ歳なのに。

どんどん自分の肩身が狭くなっていく気がした。きっとそれは、〝優等生〟という私の唯一と言っても良かった精神的支柱を崩された直後というのも大きいのだろう。今の私から〝優等生〟を取ったら一体何が残るのだろうか？　きっと何も残らない。ちょうど気持ちが暗くなってきた時に照明も暗くなって、フロアに流れていた音楽が消えた。

いよいよ碧人のバンドが始まる——そう思った時、ドラムとギター、ベースの大きな音とともに幕が一気に開いた。ステージに立つ四人はこちらに背を向け、後光が差すようにして現れる。

「どうも、本日三番手の〝カタカムナ〟です！　今日はよろしくねー！」

ボーカルの宗太さんだけがくるりとこちらに振り返って簡単な挨拶をすると、女性客達から黄色い歓声が上がった。

ドラムのカウントで曲が始まり、照明が正面からステージを照らすと他のメンバー達もフロア側へと身体を向ける。

「あっ……」

ステージの上手側、ちょうど私の正面に、さっきまで一緒にいたはずのクラスメイトが立っていた。それは私の知っているクラスメイトで、同時に私の知らないクラスメイトだった。

ステージ上の碧人は笑顔だったのだ。切れ長の鋭い目を眩しそうに細めて八重歯を見せながら、まるで水を得た魚のように指板《しばん》に綺麗な指を走らせている。

バスドラムとベースの重低音がお腹に響く。その上に碧人のギターのメロディと宗太さんの甘い声が乗っかり、一つのアンサンブルとなって客席を覆い尽くしていた。

先ほどのバンド同様に〝カタカムナ〟もサウンドそのものは激しいのだけれど、激しさの中に組み込まれた切ないギターメロディと宗太さんの甘い声が交わることで、絶妙に激しさを中和している。

ビリビリと四人の重厚なアンサンブルが私の肌を焦がして、気づけば視線と意識を全て掻《か》っ攫《さら》われた。

自然と私は耳栓代わりにしていたイヤホンを外していた。うるさいのはわかっていたけれど、それでも彼らの、いや、碧人が奏でる音を直に聴いてみたかったのだ。

「すご、い……」

私は呆けた様子で、無意識にそう呟いていた。

防具をなくした私の鼓膜を重いバンドサウンドが容赦なく打ちのめし、案の定耳が壊れるかと思った。お腹も熱くて焼けそうで、胸も苦しくなる。

それでも――私の両目はステージ上で笑顔を見せる不良のクラスメイトに釘付けにされていた。

学校では彼を不良たらしめている肩まである金髪は美しい羽衣みたいに揺れ、時折髪の隙間から覗くピアスに照明が当たってきらりと煌めいている。

でも、それよりも私の気を引いてやまなかったのは、学校では見たことがない碧人の笑顔だった。とにかく楽しそうで幸せそうな笑顔。それ以外の言葉が出てこなかった。

これは、ずるいよ。

私は内心でそう不満を漏らした。

碧人がギターを持って楽しそうに踊っている姿を見ているだけで、まるで恋をしている女の子のようにドキドキと胸が高鳴って、頬も熱くなってきてしまうのだ。

ボロボロにされた教科書やそこに記された誹謗中傷の数々がどうとか、〝優等生〟

を保てるのかとか、世界史の授業はどうしようとか、お母さんに心配を掛けないかとか、明日から学校でどう立ち振る舞うんだとか、さっきまで私の頭を支配していたあらゆる悩み事も、全て碧人に吹き飛ばされてしまった。少なくとも、今この瞬間だけはどうでもよくなっていた。ステージの彼があまりにも眩しくて、悩んでいるのがバカバカしくなってしまったのだ。

私が呆けた様子でステージを見上げていると、碧人がこちらに気づいたのか、「おっ」という顔をした。

あっ。

その時、碧人と目が合った……気がした。確信はないけど、視線は交わっていると思う。

どうしていいかわからず彼を見つめていると、碧人はふっと口元を緩め、『どうした？』とでも言いたげに片方の眉を少しだけ上げてみせた。

「――――!?」

その刹那、また心臓が激しく脈打った。さっき詰め寄られた時と同じ、いや、それ以上の暴れ回りっぷりだ。

胸のあたりのブラウスをぎゅっと握り締めるが、鼓動が収まる気配はまるでない。

「……楽しい」

私は心で思っていたことを声に漏らしていた。

碧人がライブを楽しんでいる様子が私にも伝わってきて、私の心の中も『楽しい』で満たされていく。

楽しい……！

気づけば、他のお客さん達と同じく私もただただライブを楽しんでいた。

そこから先はよく覚えていない。楽曲もオリジナルだったのか初めて聴くものばかりだったので、頭の中にはほとんど残っていなかった。

でも、私はこの光景を、そして碧人から与えられた衝撃と『楽しさ』だけは生涯忘れないのだろう——なんとなく、そう確信していた。

碧人のバンド〝カタカムナ〟のライブは、圧巻のまま終わった。

ステージの時間は三十分ぐらいだっただろうか。何がなんだかわからないまま終わってしまって、ライブ後は楽しかったという満足感とともに、どうしようもない寂《せき》寥《りょう》感に襲われた。テーマパークの出口ゲートを潜って家に帰らなければならない時の気持ちに近いのかもしれない。

ライブが終わってからは、女性客同士できゃっきゃ言いながら感想を述べ合っていた。

「楽しかったー！」「碧人のあの悪そうな笑顔、好きだわー」「高校生で色気あり過ぎでしょ」「宗太、ちょっとつまずいて慌ててたよね」「あそこ可愛かった！」などと口々にライブの感想を言い合っては笑い合い、騒いでいる。

やっぱり、碧人の笑顔が好きな人いるんだなぁ。

彼女らの気持ちに共感を覚えると同時に、私だけじゃないんだ、となんとも言えない気持ちになってしまった。私にとって特別だった時間と感情は、別に私だけのものじゃなくて、ここにいた他の人達のものでもあったのだ。

ただ、きっと……学校で怠そうに授業を受けている彼を知っていて、ステージの彼も知っているのは私だけではないだろうか。

ライブの余韻とステージでの碧人の笑顔に引きずられながらフロアで呆けていると、宗太さんが関係者口から姿を現した。

ライブが終わった直後だからか、息を切らしていて額には汗を滲ませている。なんだか長距離走を走った後のような雰囲気だ。

宗太さんは物販席に立ってお客さんの話し相手をしつつ、グッズを買うよう甘えておねだり……いや、お願いしていた。

女性客達は「そのステッカーもう何枚も持ってるよー」なんて面倒そうに言いつつも、財布を出して結局買ってしまっている。

宗太さんのおねだり営業は女性達の心をくすぐるのか、営業だとわかったうえで「しょうがないなぁ」と買ってしまっているのだろう。やっぱり碧人とは違うタイプの怖さがある男の人だ。

「深春ちゃん」

お客さんへの対応がひと段落した隙を見つけて、宗太さんが私のところにすっとやってきた。

やばい、私もおねだり営業をされてステッカーを買わされてしまうのだろうか。いや、チケット代なしで入れてもらっているし、それくらいなら買うけども。

「は、はい。なんでしょう?」

「碧人なら機材片づけてるから、話したかったらバックステージに行くといいよ。もうすぐ次のバンドさん始まるから、裏のほうが話しやすいと思うし」

宗太さんは物販席の後ろにある関係者口を親指で差して言った。

「えっ、バックステージ? 入っていいんですか?」

グッズの営業ではなかったことにまず驚いたけれど、その提案にはもっと驚いた。

私みたいな部外者がバックステージに入ったら、叱られてしまうのではないだろうか。

「ああ、大丈夫大丈夫。それ貼ってるから、今日は僕らの招待客扱い。楽屋にも入れるよ」

宗太さんは私の制服の裾に貼られたゲストパスを指差した。

いやいや、今日初めてライブハウスに来たのに、そんな畏《おそ》れ多いことできないってば。

「あの、ほんとに私なんかが入っていいんですか？」

「うん、もちろん。碧人が学校の友達をライブに連れてきたのって初めてだしね。感想言ってやってよ」

「そうなんだ……」

　宗太さんの言葉に、なんだか胸の内がぽわっとあたたかくなった。

　なんとなく碧人の学校生活を思い浮かべればそんな気はしていたけど、やはり今回の招待は異例らしい。だとしたら、どうして私だったのだろうか。これまで何も縁もなくて、ただ偶然公園で鉢合わせただけなのに。

「というわけで、よろしく。僕、物販やんなきゃいけないから。あ、そうだ。あんまり制服で遅くまでいるとライブハウスの人に叱られるかもしれないから、そこだけ気をつけてね」

　宗太さんはそう言い残して片目を瞑ってみせると、物販席へと戻っていった。

　最後のウィンクは必要だったのだろうか？　いや、きっと考えちゃいけない。彼はそういう人間なのだ。

　私は他のお客さんの目から逃れるようにしてこそこそと物販席の後ろへ入り、そのままバックステージへと向かった。

「おっ？」

「わっ」

バックステージの扉に入ってすぐのところに、首にタオルを巻いた碧人が立っていた。

ちょうど機材の片づけが終わったようで、碧人はギターケースと何やら機材が入っているっぽい小さなハードケースを機材置き場に立て掛けている。ドラムとベースの人はまだ何やら機材をガチャガチャとしていた。

「なんだ、入ってきたのかよ。まあ、パス渡してるから別にいいけど」

碧人は首に巻いたタオルで顔をごしごしと拭いた。

先ほどまでサラサラしていた金髪は、しっとりと汗で湿っている。腕にも汗が滲んでいた。

重そうなギターを持ってあれだけステージで動き回っていれば汗をかくのは当然だ。楽器を持っているぶん、ダンスよりも大変なのではないだろうか。それでいて汗と彼の香水の香りが混ざり、先ほどまでとは異なる色っぽさを放っていて、思わずどきりとする。

っていうか……何を話せばいいんだろう？

宗太さんに言われるがままに来てしまったけれど、何を言うかまだ決めていなかった。

さっきまでステージにいた人が目の前にいるのがどこか信じられない。それが同じ高校の同級生なのだと思うと、余計に信じられなかった。

そわそわした気持ちを、視線を右往左往させて必死に誤魔化《ごまか》していた。

「宗太、ちゃんと物販やってた？」

「うん。お客さんにおねだりしてステッカー売りつけてた」

「ははっ。あいつ、ステッカー売る達人だからな。あ、これベースの輝明《てるあき》とドラムの泰弘《やすひろ》」

碧人は機材の片づけをしていたバンドメンバーを紹介した。

泰弘さんと輝明さんは「おー、これが噂の同級生か。どもっす」「来てくれてありがとねー」とそれぞれにこやかに自己紹介をしてくれた。

近くで見ると、ふたりもイケメンだった。彼らも宗太さんと同じく大学生らしいけれど、彼のようなチャラさはなくて真面目そうだ。

私もぺこりと頭を下げて、簡単に自己紹介をした。自己紹介って言っても、碧人と同じクラスだということくらいしか言うことないんだけど。

「あー、そろそろ次のバンド始まるな」

碧人は壁に貼られていた今日のタイムスケジュールを見て「裏いくか」と上り階段のほうを顎でしゃくった。

突然の提案に私は「う、うん」と若干きょどりながらも頷き、歩き始めた彼の後ろをついていく。

どうしてクラスメイトと話すのにこんなに緊張しなければならないのだろうか。ただ、今の私は先ほどのステージの余韻も相まって、そのステージに立っていた人を前にして舞い上がってしまっているのは間違いなかった。

それだけ、初めて観る碧人のライブは衝撃だったのだ。

裏口へと続く階段で、碧人は年上の共演者さんから「ライブよかったよー」「高校生なのにギター上手いねー」などと声を掛けられていた。

どうせ彼のことだから不遜《ふそん》な態度で接するのだろうと思っていたのだけれど、意外にも「あざっす」とか「まだまだヘタクソっす。また対バンよろしくお願いします」などと謙虚に接していて、それがまた私を驚かせた。

大人の人から褒められているのも凄いのだけれど、学校では不遜極まりない態度で不機嫌オーラを振り撒いている彼が、他の共演者さんに対して下手に出ているのだ。

きっと、本心からそう思っているのだろう。

凄いなぁ。

ライブハウスでの碧人を見ていると、なんとなく彼が大人っぽく見えてしまう理由、そして学校で浮いてしまう理由が見えてきた。

親や同じ高校生同士、あるいは教師としか接することのないであろう私達と、大人と同じステージに立って競い合っている彼とでは、大きな差がある。それは精神的なレベルの差と言ってもいい。

きっと碧人にとって、同じ教室の生徒達は中学生みたいに幼く見えているのではないだろうか。そうであれば、彼が周囲に溶け込めないのも頷ける。見えている世界が、私達とは違うのだ。

階段を上がってすぐのところにあるドアを潜ると、雑居ビルの裏路地に出た。裏口はバックステージに直結していて、機材の搬入などはここから行うのか、エレベーターもある。表通りからは明るいネオンの光が差し込んでいるが、裏路地は薄暗くて、小汚かった。ネズミとかが平気で歩いていそうで、こんなところに入ったのも人生で初めてだった。

「あー、涼しい。空気やら色々汚ねーけど」

碧人はこちらに笑みを見せて、ビルの壁に凭《もた》れ掛かった。

繁華街にある雑居ビルの裏路地が綺麗であるはずがなく、華やかなステージとのギャップが凄い。それでも彼の笑顔は先ほどのステージのものと同様で、爽快感に溢れていた。

「あ、あのっ！」

「あん？」

「その……あっ、ありがとう。ライブに招待してくれて」

何を言うべきか迷っていたけど、一番に伝えなければならないのはおそらくこれだ。

偶然通り掛かったライブハウス近くの公園で、碧人は私を見つけてライブに連れてきてくれた。きっと、あのまま家に帰っていても落ち込んで暗い気持ちで過ごしていたに違いない。

でも、彼に連れられここに来たおかげで、鬱々《うつうつ》とした気持ちが全部吹っ飛んだ。教科書のことも、明日からの不安も……何かが解決したわけではないけれど、独りで思い悩んでいるのと心持ちはずいぶん違う。

「私、音楽のこととか全然わからないから上手く言えないんだけど、その……凄かった」

こんな陳腐《ちんぷ》な言葉しか出てこないのが情けない。でも、これが私の精一杯の気持ちがこもった言葉だった。

どうすればあの感動を言語化できるのだろうか。あの眩しさと衝撃を伝えるには、どんな言葉を用いればいいのだろう？　想像もつかなかった。

碧人は当然だとでも言いたげに八重歯を見せて、私の顔を覗き込む。そして、こう尋ねた。

「なんだよ、やけにしおらしいじゃねーか。さては、俺に惚れたな？」

「……え？」

予想もしていなかった言葉に、私は思わず言葉を詰まらせてしまった。

切れ長の目の奥にある、自信に満ちた彼の瞳はしっかりと私を捕捉《ほそく》していて。その瞳があまりに綺麗で、吸い込まれそうになってしまって、私は反論するタイミングを逸した。いや、タイミングを逸したことにしたかった。

きっと、私の中の理性がちゃんと働いていなければ、素直に頷いてしまっていたに違いない。それを食い止めるだけで精一杯だった。

固まってしまった私を見て、碧人は「なわけねーか」とおかしそうに笑った。

「まー、冗談はともかくさ。ずいぶんとマシな顔になったじゃんか」

またまた予想もしていなかった言葉に、私は驚いて顔を上げた。

私を困惑させる資格があるとすれば、この男には問答無用で一級の合格通知を送ってやりたい。この数時間の間に、どれだけ私は彼にペースをかき乱されているのだろうか。

彼は、何かしら問題を抱えて落ち込んでいそうな私を気遣ってくれたのだ。

「……ごめん。気を遣わせちゃって」

私は素直に謝った。

見間違いだとか、もともとこんな顔だとか強がって否定したかったけれど、ほぼほぼ赤の他人だった碧人が見て心配するくらいなのだから、よほど酷い顔をしていたのだろう。自分でもそれがわかっていたし、だからこそあの時家に帰れなかった。

ただ、彼から返ってきた言葉は、またまた私の予想を裏切るものだった。

「別に、気なんて遣ってねーよ。どっちかっつーと自分のためだから」

「自分のため……？」

「そ。あのまま見て見ぬふりしてお前に何かあったら気分わりーし、人の傷ついた顔見てりゃこっちもしんどくなってくる。だから、それを解消したかっただけなんだよ。人の感情ってのは、周りにも連鎖するからな」

碧人はそう言って私から視線を逸らすと、手に持っていた炭酸飲料水に口をつけた。

本当に、私とは考え方も何もかも違うんだな、と痛感させられた。

ただ、今の話を聞いて、一つだけ碧人に伝えたいことがあった。

「ねえ」と碧人に呼び掛けると、彼の切れ長な目がこちらに向けられた。

一呼吸置いてから彼のほうへと向き直ると、私は意を決して伝えた。

「私にも……私にも連鎖したよ」

「は？」

「ううん……なんでもない」

怪訝そうにしていた碧人に対して、私は曖昧に誤魔化す。なんだか、急に恥ずかしくなってしまったのだ。

でも、私が言おうとしたことなんて、やっぱり碧人には見抜かれていたようで。

「そりゃ何よりだ」と小さく笑って、天を仰いだ。

それから暫くの間、私達に会話はなかった。雑居ビルの汚くて臭い路地裏で、言葉のない時間をぼんやりと過ごす。

この時の沈黙は決して気まずいものではなくて、普段なら一秒でも早く立ち去りたいと感じるであろう小汚い路地裏も、何故か悪くないと思わされた。

宗太さんに声を掛けられるまでの間、私はただ、ビル風で揺れる金髪から垣間見える彼の横顔をこっそりと覗き見ていた。

# 二章

# 増えていく世界

# 1

初めてのライブハウスで、不良クラスメイトから衝撃を与えられた日から一夜明けた。昨日は私の人生において新しい価値観に出会った日。でも、どれだけ内的な衝撃を与えられたとしても、私の置かれた外的な状況は何一つ変わっていない。私自身はメッキの剥がれた〝優等生〟で、今日から暫く続くであろう嫌がらせに耐え抜かねばならない日々が待っているのは間違いないのだから。

それでも、弱味を見せてやるわけにはいかない。いつも通りに学校に行って、いつも通りに教室に行って、いつも通りに帰ろう。

そう思っていたのだけれど――私の決心は、いとも簡単に打ち砕かれた。朝登校すると、下駄箱から私の上履きが忽然《こつぜん》と姿を消していたのだ。

「……ほんと、最悪」

小さく、誰にも聞こえないくらいの呟きが、私の口から漏れる。

昨日、せっかく碧人が掻き消してくれた黒い感情が一気に胸のうちから溢れ出て、じわりと瞼《まぶた》が熱くなった。

落ち着け私……今は、泣いてる場合じゃない。

そう自分に言い聞かせて、ぎゅっとブラウスの胸のあたりを掴む。絶対泣いてなんかやるもんか。こんなところでめそめそ泣けば、それこそあいつらの思うつぼだ。

こういう時、どうする？　どうするのが正解なんだろうか。

探すにしても、もう始業まで時間がない。どこにあるのかもわからない上履きを探すのは難しい。というか、そもそもこの校舎にあるのかもわからない。

先生に相談……というのも、論外だ。というか、そんなの恥ずかしくてできない。

じゃあ、どうすれば――？

そこで、ふと目に入ってきたのは、生徒玄関にあるごみ箱。

まさかね？

まさかこんなところにあるはずがない。そうは思うものの、なんとなく嫌な予感がして、私はおそるおそるごみ箱の中を覗き込んでみた。

「……ふざけないでよ」

私の口から、小さく憎しみの声が漏れる。

ごみ箱の中には、無造作に突っ込まれている上履き。カカト部分に書かれている名前を確認するまでもなく、私のものであることは一目瞭然だった。

ごみ箱の中に手を突っ込んで、上履きを取り出す。

上履き自体に何か細工や嫌がらせをされている気配はなかった。ただごみ箱に突っ込まれただけ。

それなら、別になんともない。いつも靴箱に入っている上履きが、ごみ箱に入っていただけ。教科書を使えなくされるより全然マシだし、実害もない。

そう自分に言い聞かせるも……ごみ箱に手を突っ込んでいる自分がとてつもなく情けなく思えてきて、先ほど無理矢理抑え込んだものが、瞼の裏を熱くする。

凄く、惨《みじ》めだ。実害なんてほとんどないはずなのに、自分が惨めで仕方がない。

惨めな気持ちを抱えたまま、教室へと向かう。俯いたまま教室に向かっている時にふと思い出したのは、中学校の頃にいじめの対象になっていた子のことだった。

あの子は一時期、学校来客用のスリッパを履いていた時があった。きっと、あの子も上履きを隠されていたのだろう。あの子がこんな惨めな気持ちになっていることなど全く気にも留めず、当時の私はクラスの〝優等生〟を演じていた。なんて滑稽なんだろう？

毎日通っている廊下なのに、今日はやけに教室までが遠く感じた。ただ廊下を歩いているだけなのに、怖くて恥ずかしくて、不安で一杯になってしまう

誰かからの視線が怖い。誰にも話し掛けられたくない。そんな意識からか、先ほどから自分の目に映るものが誰かの足や廊下の床ばかりであることに気づく。

そっか……だからみんな、下を向いちゃうんだな。

いじめにあっていそうな子は、大体いつも下を向いて速足で歩いているイメージが強かったけれど、自分もそうなってしまっている。そうならざるを得なかった。

本音を言えば、教室に入るのも怖い。でも、このまま逃げたと思われるのも嫌だ。

そんな思いから、私は人目から逃れるようにして教室に入る。

「………」

私が教室に入った瞬間の空気感は、これまでの学校生活で感じたことがないものだった。一瞬沈黙があって、みんなが私を視認する。それからはっとして思い出したように会話に戻り、すぐにざわざわと騒がしくなった。

きっと今の沈黙は、一秒にも満たないような長さだったのだと思う。私自身もこれまでそっち側で何度か経験したことがあったし、そこまで今の沈黙を意識したことはなかった。きっと、「あっ」と心の中で一瞬気まずく思う程度だ。

でも、こちら側になった瞬間に、その一瞬の沈黙だけで心臓がねじ切れそうになる。

今まで当たり前に「おはよう」と声を掛けてくれたクラスメイト達も、私になんて見向きもしなかった。私が近くを通ると、足元を見てすっと距離を置かれてしまう。

もう、確定だ。私が呑気にライブハウスで非日常を体験していた間に、日常のほうでは色々な連絡網が行き渡っていたらしい。

こうなることは、なんとなく予想できていた。

でも、実際に自分がそうなってみると、結構精神的にきついものがある。ひとクラス四十人近くいるのに、この空間には誰も私の味方などいないのだ。

これまで私は、こうしたいざこざになるべく巻き込まれないように広く浅い人付き合いを心掛けてきた。なんとなく雲行きが怪しくなれば別のグループに移り、被害者にも加害者にもならないように立ち回っていた。それは、私が〝優等生〟として振る舞い、クラスの女子みんなと分け隔てなく接していたからこそできたことだった。

これまでは人間関係のトラブルから逃れられたけれど――今はまだ、高校二年の新しいクラスになってから一ヵ月。上手く立ち回れる立ち位置を築く前に問題が発生してしまった。私が新しいクラスでも完全な〝優等生〟としての地位を築く前に、メッキが剥がされたのだ。

……机は問題なし、と。

私は自分の席に座るや否や机の中を確認し、ほっと一息吐く。

もともと机の中に物を溜め込む習慣がなかったので、ここには犠牲となるものがなかった。まあ、だからこそ鞄に入れていた世界史の教科書が狙われてしまったのだろうけども。

犠牲が教科書一冊や上履きで済んだ理由についてはわからない。まずは軽めのジャブで私の出方を見ているのかもしれないし――騒ぎ立てて報復に出てくる攻撃的なタイプなのか、教師に言いつけるチクリタイプなのか、それとも黙って攻撃に耐える餌食タイプなのか――初手ということもあって相手もおそるおそる始めたのかもしれないし、あるいは誰かに見つかりそうになったのかもしれない。

ただ、正直そこはあまり問題ではなかった。私はチクるタイプでも報復に出るタイプでもないから、このまま徐々にエスカレートしていくのはすでにわかり切っていた。

今日使う教科書を鞄の中から取り出して――昨日帰ってから鞄を開けなかったせいで、ボロボロの世界史も持ってきてしまった――机の中に入れつつ、あれやこれやと思案する。教科書類はこれまで通りロッカーに入れて施錠するか持って帰るかして机は空を保っておこう。貴重品も肌身離さず持っておくようにしないと。

ああ、もうっ……どうして私がここまで頭を悩ませないといけないの？　ほんと最悪。

私は嘆息《たんそく》し、机に突っ伏した。今後起こり得ることを想像するだけで憂鬱になってしまう。実際に起こったらもっと凹《へこ》むに違いない。

しかも、そうして凹みつつも家ではこれまでの〝優等生〟のまま過ごさなければならないのだ。本当に、やってられない。

教室で友達とおしゃべりをしている子達が視界に入ってくるだけで不安感に襲われてしまう。彼女達の会話は内緒話で、今も私の悪口を言われているのではないかという気になった。そして、私のこの状況を見れば、いじめ首謀者達に声を掛けられていない者達でも『何かがあった』ことを察する。そして、自身の身の振り方を決めるのだ。

〝私達〟はいつだって教室の空気を感じ取りながら生きている。言葉にしなくても、独りになった子がいれば何かがあったと察するし、誰かが圧力をかければ、それも肌感でわかる。こういう同調圧力には、基本的にみな乗っかる。それが自分の身を守る最善策だと知っているからだ。私もこれまで、〝優等生〟としてのイメージを駆使して問題を回避してきたけれど——今回は失敗してしまった。その結果がこの孤立と無残な世界史の教科書だった。

背中に突き刺さる視線を感じながら、泣きたい気持ちを必死で抑える。

これまで孤立したクラスメイトを何人も見てきた。その子達の背中は寂しげで、孤独に耐える姿は見ていて苦しくなる。それでも、手を差し伸べようとは思わなかった。手を差し伸べると自分の安全が脅かされてしまうから。火中の栗を拾うには、それ相応の覚悟がいる。

もしかしたら、本当の優等生だったらそこで行動に移せていたのかもしれない。でも、私は動けなかった。私はただ〝優等生〟に擬態して自身の身を保全していたに過ぎない。だから、誰よりも知っている。今の私に手を差し伸べる人がこのクラスには誰もいないことを。

周囲から浴びせられる『あいつぼっちじゃん』という視線。〝私達〟にとって、『ぼっちである』と周囲から認識されることは死活問題だ。

〝私達〟はこの『あいつぼっちじゃん』という周りからの視線を浴びたくないがため、必死にお弁当を一緒に食べるクラスメイトを探したり、面白くもない話に相槌を打ったりしている。

そうしなければ、孤独とともにとてつもない惨めな気持ちを味わうことになるからだ。まさしく、今の私のように。

もう、ずっと碧人のライブだけ観てたいよ……。

弱気になった時に、何故か昨日の不良クラスメイトの姿が脳裏に浮かんだ。彼のライブを観ている間は、こういった問題を一切考えずに済んだからだろうか。

「あ、三上くんだ。今日は一限から来るんだね」

「相変わらずかっこいいよねー」

ちょうど碧人のことを思い浮かべていた時に、窓際にいたクラスメイト達の会話から彼の名前が聞こえてきて、どきん、と胸が高鳴った。なんだか心を読まれたみたいな気がして、恥ずかしくなる。

顔を上げてこっそりと窓のほうを見てみると、窓際で何人かの女子生徒が登校中の碧人を見て、井戸端会議を開いていた。

「あの髪色、目立つよねー」

「うちの学校で髪染めてる人なんていないもんね。三年生に茶髪はいたけど、金髪は三上くんだけじゃない？」

それは間違いない、と心の中で同意する。

うちの高校は進学校なので、もともと真面目な生徒しか入学してこない。それ故に生徒指導も緩いので、見逃されているのだろう。

というか、先生達も形式的に口頭注意をしている程度で、内心では碧人の不良オーラに気圧されてしまっているのかもしれない。この学校、怖い先生いないからなぁ。真面目な生徒には怖い先生もいるけど。

「はぁ……イケメン。マジ目の保養。あんなイケメンと付き合ってみたい」

「あんな彼氏だったら鼻高いだろうね」

「でもさー、あいつ女遊びヤバいんでしょ？　付き合っても病むだけだって」

「てか、見掛けからして絶対ワガママでしょ、あいつ。あと、全然話さなそうだしずっと不機嫌そうにされててつまんなそう」

「あー、それはあるかも！」

クラスの子達は好き放題に碧人を批評してげらげら笑っていた。

聞いているだけで不快になる会話だ。碧人のことなんて何も知らないくせに、なんでそんな評価ができるんだろうか。

ステージの上ではあんなに楽しそうに笑っていて、先輩のバンドマンにはちゃんと謙虚で、決して愛想は良くなかったけど物販席ではお客さんとも話しているのに。学校では、きっと話すに値する人がいないだけなのだ。

って、なんで私が碧人のことで怒らなきゃいけないの。

今の私は他人のことを気に掛けていられる余裕などない。きっと一挙手一投足を誰かしらに監視されていて、グループチャットで面白おかしく共有されているのだろう。

ほんと、最悪。

　そう思って大きく溜め息を吐くと、隣の席から苛立たし気に鞄を置く音とともに、舌打ちが聞こえてきた。

「……それ、連鎖するっつったろーが」

「えっ？」

　見知った声と覚えのある『連鎖』という言葉に驚いて顔を上げると、そこには不機嫌そうな顔をしている碧人がいた。

　碧人は不服そうに私を見下ろしたかと思うと、すぐに視線を逸らして溜め息を吐いていた。私の溜め息が連鎖してしまったみたいだ。

　今は「身体も痛ぇしマジでだっる……休めばよかった」と身体を後ろに傾けて、椅子をぐらぐらさせてぼやいている。

　今の、私に言ったのかな……？　何となく、そんな気がする。

「勝手なこと言わないでよ……私だって、好きでこうなってるんじゃないんだから」

　碧人に聞こえるかどうかくらいの声で反論した。

　彼に対する文句というよりは、心の声が漏れただけだ。ごみ箱にぶち込まれていた上履きに、この教室の空気、それからボロボロになった教科書。きっとこれから、もっと面倒なことが起こるのは明らかだ。

「はっ……バカみてーだな」

　碧人が呆れたように呟いた。私の反論に対する返答なのか、私と同じく心の声が漏れ出た独り言なのかはわからない。ただ、その情け容赦ない言葉に、私は心の底から同意する他なかった。

当たり前に誰かが周囲にいた生活から、全く誰もいなくなる生活への変化になかなか慣れなかった。

たった十分の休み時間や移動教室の時間。いつもは気がつけば終わっていたのに、誰も話し掛けてこないというだけで今日は果てしなく長く思えた。トイレも、普段使っていたところではなく別棟のものを使っている。さすがにトイレで何かされることはないとは思いたいけど、念には念をだ。後は、トイレの中にいる時に井戸端会議が始まって、自分の名前が挙げられているのを聞きたくなかった、というのもある。ストレス源はできるだけ遠ざけておかないと、私の身が持たない。

「はあ……酷い顔」

別棟の誰もいないトイレで、鏡に映った自分の顔を見て、思わず嘆息する。

教室にいるとクラスメイト達からの視線に耐えられなかったので、用もないのにトイレまで逃げてきてしまったけれど、そこで鏡に映る自分の顔を見てもっと憂鬱になってしまった。

碧人には、こんな顔見られたくないな。

なんとなく今唯一接点がある碧人のことを思い浮かべてしまう。鏡に映る私の顔は、まるで病人みたいに青白かった。色々コンプレックスがある顔面なりに精一杯可愛く見えるように努めていたつもりだったけど、今はそんな余裕もない。碧人に見られたならば、『それも連鎖するからこっち見んな』と文句を言われてしまいそうだ。

もうちょっとちゃんとメイクしようかな……。

このトイレに来てから何度目かの溜め息を吐いて、自分の頬を撫でる。

もう少し鼻が高くあってほしいとか、ぱっちり二重であってほしいとか、不満を言えばキリがないけど、涙袋は割とくっきりあるし、目もそこそこ大きい。そのおかげですっぴんに近いナチュラルメイクでもそれなりの顔面を保てているのだけれど、今のメイクでは顔色の悪さを隠せそうになかった。もう少し濃いファンデーションを塗って、血色カラーを目元と頬に散りばめれば顔色の悪さは誤魔化せるだろうか？

って、今いきなりメイクを変えたらそれこそ何言われるかわからないよね。ナシナシ。

自分の中で浮かんだ案を、即座に却下する。

それに、私がこうなった原因を考えると、今は外見を変えるべきではないのは明らかだ。

周りの目が気になって、何一つやりたいことができない。顔色を隠すことさえできない自分が嫌だった。

きっと碧人なら、周りの目なんて気にせず自分がやりたいようにやるんだろうな。

そんな彼が少し羨ましかった。

碧人とは席が隣だけど、朝以降は会話らしい会話——あれを会話と言っていいのかどうかは置いといて——はしていない。授業中は退屈そうにしているか寝ているか、何か頭の中に浮かんでいるであろう曲のリズムを指先で刻んでいるかだ。私から話し掛けることはないし、彼も普段通り過ごしている。まるで昨日のライブハウスでの出来事がなかったかのように。

「あ、やば。授業遅れちゃう」

スマホの時間を見て、ぎょっとした。あと三分ほどで次の授業が始まってしまう。本音としては、次の授業には出たくなかった。というのも、次は鬼門の世界史。教科書を忘れたことにして隣の人に見せてもらおうにも女子は無理だし、碧人に見せてもらうのはもっと無理だ。

ほんと、どうしよう。

何も策は思いつかないけど、サボる度胸のない私は教室に戻るしか選択肢がない。

私はもう一度溜め息を吐くと、トイレから出てブルートゥースのイヤホンを耳に突き刺してから廊下に出た。普段ならわざわざ学校内で音楽を聴くこともないのだけれど、廊下ですれ違う人の会話や視線が全て自分に向けられているような気がしてならなくて、それを誤魔化せるものが欲しかったのだ。

もちろん、みんながみんな私を笑い者にしているわけではなくて、ただの自意識過剰だというのもわかっている。でも、今の私はいつも以上にナイーブになってしまっていて、音楽で世界を遮断しないとやっていられなかった。

教室に戻ったタイミングでちょうど世界史の教師が現れたので、教室内の生徒達もみな自席に座ってそれぞれが教科書等を机の上に出していた。

イヤホンを外して、自分の席に座る。とりあえず、今日は教科書を忘れたことにして板書だけしよう――そう思って手を挙げようとした時に、隣の席から怠そうな声が上がった。

「すんません、ちょっといいっすか先生」

金髪の不良バンドマンこと三上碧人だ。彼がこうして手を挙げて発言するのは珍しい。

「む？　なんだ三上」

世界史の教師は訝《いぶか》しんだ様子で碧人を見た。

進学校の異端児の相手など、教師もしたくないのだろう。物凄く迷惑そうな顔をしていた。

教科書でも忘れたのかなと思って碧人のほうを見ていると、彼はとあるものを机から出して、教師にこう言ったのだ。

「嫌がらせかなんかで俺の教科書こんなんにされちまったんで、代わりに使わせてもらえる教科書ないっすか？」

碧人が机から出した教科書を見て、教室が一気にざわつく。教師も目を見開いて驚いていたけれど、私に至ってはそれどころではなかった。目と心臓が飛び出そうになった、とはまさにこのことを言うのだろう。

彼が『こんなんにされた』と言って取り出した教科書は、私の机の中で眠っていたはずの、ギリギリ本の形を保った世界史の教科書だったのだ。

はっ、え⁉　碧人、何してるの⁉　っていうか、それ私のじゃないの⁉

慌てて自分の机の中を見てみると、そこにあったはずのボロボロで罵詈雑言が書かれた教科書はなく——代わりに、あまり使われた形跡のない世界史の教科書が入っていた。

名前欄には何も書かれていない。ただ、教科書の持ち主が誰であるかは明白だ。今私のほうを横目でちらりと見た、この金髪不良のバンドマンに他ならない。

「あー……えっと、そうか。それなら、教員室の私の机に代わりの教科書があるから、今日はそれを使いなさい」

世界史教師も気まずそうに答えた。クラス担任ではないので、深入りを避けたのだろう。

「取りに行っていいっすか？」

「うむ」

「どもっす」

碧人は怠そうに立ち上がって自らに集まった視線をじろりと見回すと、ボロボロになった教科書を持ったまま教室を出て行った。彼が出て行った後も教室はざわついていたけど、教師が一喝して黙らせると、それからはいつも通りの授業となった。

あまり使われた形跡のない碧人の教科書を開いて黒板を眺めつつも、授業内容など頭に入ってくるはずがない。どうして碧人がこんな行動に出たのか、さっぱりわからなかったのだ。

ちなみに、碧人の席はその授業の間、ずっと空席だった。

## 2

「なんであんなことしたの？」

世界史の授業が終わった後の昼休み。封鎖された屋上へと続いている階段の踊り場で、私は碧人に詰め寄っていた。

いきなりツカツカと詰め寄られるとは思っていなかったのか、碧人は私を見て「おっ？」と少し驚いていた。

彼が驚いたのは、私の声がやや怒りをはらんでいたからかもしれない。というか、いきなりなんの相談もなく教室で目立つようなことをされて、怒らないわけがなかった。助けてくれてありがとう、と私が泣いて喜ぶとでも思ったのだろうか？ 迷惑以外の何物でもなかった。

あとは、どこにいるのかもわからない碧人を見つけるのに苦労し、少しイライラしていたというのもある。たったひとりの人物を、決して小さくはない校舎の中から見つけ出すのはなかなかに困難だ。

人が少なそうな場所を探していって、ようやく見つけたのが、屋上へと続く階段の踊り場。彼は呑気に寝転がってパンを食べながらスマホを眺めていた。さすがに温厚な私でも腹の一つや二つも立ってくる。

「これ、どういうつもり？」

手に持っていた、碧人のものと思われる世界史の教科書を見せてぎろりと彼を睨みつける。

碧人の意図がわからず、はっきり言って授業中は大混乱だった。あの状況下で授業になど集中できるはずがない。私の教科書を無残な姿にしたであろう人物達も気まずそうに目を合わせていたし、きっと今頃教室では私と碧人の関係を勘ぐる噂話で持ち切りだろう。想像しただけで頭が痛くなってきた。

「おー、怒ってる怒ってる」

碧人は呵々として笑いながら、身体を起こして紙パックのコーヒー牛乳をずずっと吸った。

私の怒りや困惑は一ミリたりとも伝わっていなさそうだ。昨日、ほんの少しでもかっこいいと思ってしまった自分をひっぱたいてやりたい。やっぱりこいつはただの不良で、私をおちょくって楽しんでいるだけなのだ。

「誤魔化さないでよ。なんであんなことしたの？　あんな目立つことしたら、碧人だって陰で色々言われるようになるんだよ？　それわかってる？」

「……だから？」

これまでからかうような表情をしていた碧人が、私の質問に対して不快そうに眉を顰《ひそ》めた。

「陰で色々言われるから、何？」

「何って……私が質問してるんだけどッ」

予想外の質問返しに、私は狼狽《ろうばい》していた。

何と訊かれても困る。陰で色々言われることは苦痛でしかない。それに、それを苦痛と感じるのは私だけではないはずだ。今もきっと、教室でお弁当を囲みながら、私と碧人の関係をあれこれ語り合ってはゲラゲラ笑っているに違いない。私と同じ立場でこれに苦痛を感じない人などいるのだろうか？　少なくとも私は耐えられない。

「あー、なるほど。もしかして、俺の心配してんの？」

くっくと碧人は喉の奥で笑うと、コーヒー牛乳をもう一口ぐびりと飲む。

何がおかしいというのだろうか。本当に彼のことがわからなかった。

「別に、今更そんなの気にしてもしゃーないだろ」

「今更って……どういう意味？」

「どういう意味もクソも、教室の奴らも学校の奴らも、俺のことなんて散々好き勝手言ってるだろーが。今更一個や二個増えたところで大して変わんねーよ」

碧人は乾いた笑みを浮かべて言った。その笑みには、どことなく嘲《あざけ》りの意図も含まれているように見える。

そこで、私もはっとした。始業前のクラスの女子の会話を思い出したのだ。

彼女達は碧人のあることないことを好き放題に言って、ゲラゲラと笑っていた。

そっか……碧人にとって、誰かから陰口を言われるのは当たり前のことだったんだ。確かに、碧人のこれまでの行動や態度にも問題はあるだろう。ただ、憶測で色々噂され、笑いや会話の種にされていることには変わらない。

なんとなく、碧人は図太くて自分本位に生きているから、何を言われても気にしていないのだと思っていた。そんな陰口など聞こえてすらいないのではないか、とも。だけど、そうじゃない。彼の耳にもそれらの心無い言葉はしっかりと届いていたのだ。

「それに、山本や川島、後は小畑だっけ？　あのへんからなんか言われたところで、別に困るもんでもないしな。まあ、お前は困るのかもしんねーけど」

「えっ……!?」

碧人の口から思わぬ名前が出てきたので、私は思わず息を詰まらせた。

山本さんや川島さん、小畑さん——この三人は、今回私の教科書を痛めつけてくれたであろうクラスの女子の名前だ。証拠はなかったけど、彼女達以外に思い当たる節もなかった。

山本さん達は一年から同じクラスだったらしく、もともと人間関係ができていた。いわゆる陽キャに位置する子達なので、クラスの女子に対する影響力も強い。山本さんがリーダーで、川島さんや小畑さんはわかりやすくいうと取り巻きだ。

私は数日前、とある事情があって彼女達に詰問《きつもん》をされた。世界史の教科書やその後の無視は、それが原因だと考えて間違いない。

「……どうしてわかったの？」

「ンなもん、お前の教科書を出した時のクラスの連中の反応見りゃ一発だろ。俺と目が合ってあからさまに『やばっ』って顔して目線逸らしたのがその三人だったってだけだよ」

そういえば、碧人はクラス中を見渡してから教室を出て行った。あの時にクラスメイトの反応を見ることで、犯人を炙《あぶ》り出したようだ。

「大方、いじめなんてものはやられた側が黙ったままだから図に乗ってどんどん調子こきやがるんだ。オトナに言わなそうな奴を狙って、問題にならないレベルで上手く調整して本人にしかわからない嫌がらせをしてくる。そいつが黙ってる限り、自分達の悪事を知ってる奴は自分らだけだ。気づいた奴がいたとしても、大体の奴は巻き込まれたくもないから何もしねー。これが、よくあるやり口だろ」

碧人の推測に、私は何も言葉を返せなかった。

その通りだと思う。もちろん、クラスぐるみでの大掛かりな酷いいじめになれば話は変わってくるけども、どこのクラスでも日常的に起こり得る小規模ないじめや嫌がらせはきっとそんな感じだ。

そして、私はお母さんに心配を掛けたくない気持ちから、決してオトナには言わないと決めていた。結果、耐えるしかない。山本さん達の気が済むまで、そんな日常が続くと思っていた。

「そこで、だ。もし自分達のやってる悪事を知ってる人間が別にいて、しかもそいつが一般常識さえ通じなそうな奴ってなりゃどうだ？」

「そっか……警戒するんだ」

「そう。進学校だと内申点だとか、親への報告だとかでビビる奴もいるからな。一旦攻撃の手を緩めて、今後の方針を決める井戸端会議が開かれるんだよ。殴り返してくる敵は、怖《こえ》ぇからな」

碧人は片方だけ筋肉を動かすようにして笑い、両手を頭の後ろに組んで、ごろんと踊り場に寝転がった。

あの時の私はただ彼の行動に驚くばかりで何も考えつかなかったけれど、彼は彼なりの考えがあって行動していたようだ。こう見えて碧人はかなり頭が切れるタイプなのかもしれない。加えて、いじめる側の心理もよく理解しているように思える。

もしかして……私のこと守ろうとしてくれた？

碧人の一連の行動に、そんな憶測が浮かばなくもない。

ただ、そうならそうで、やる前に一言相談してくれても良かったのに。相談されても、絶対に了承しなかっただろうけど。

「理由はわかったけど……どうしてわざわざ私に自分の教科書まで渡したの？　そこまでする必要ないでしょ？」

「……別に。学校しょっちゅうサボってる俺が持ってるより、優等生が持ってたほうがいいだろ。あと、アテもあるしな」

「アテ？」

「世界史の教科書余らしてた奴がいたんだよ。俺はそいつから貰《もら》うから、それは要らないってだけ」

碧人は私の手元にある教科書を一瞥《いちべつ》すると、ごろりと私に背を向けた。

どうやら、この質問にはこれ以上答えたくないらしい。ただ、彼の一連の行動には、どうしてか私に対しての優しさのようなものも感じられた。

「……ありがとう。なんだか、昨日から助けられてばっかだね」

私は階段に腰掛け、碧人に背を向けた状態でお礼を言った。なんだか正面から顔を見てお礼を言うのが恥ずかしかった。碧人も背中を向けて寝転んでいるし、構わないだろう。

でも、味方がいないと思っていた時に、独りじゃないと知るとそれだけで少し勇気づけられる。混乱したし、事態を余計に悪化させかねない行動でもあったので、手放しで喜べるものではないけれど……それでも、自分のためを思って動いてくれる人がいると、それだけで心があたたかくなった。

「で……何があったんだよ？」

「え？」

碧人が唐突に予想外な質問をしてくるので驚いて振り返ると、彼も首だけこちらに向けていたらしくて、その切れ長な目が私に向けられていた。まっすぐに目が合う。不思議な瞳だった。カラコンを入れているわけでもないのにやや灰色がかっていて、切れ長で鋭い目つきのくせに、その瞳の奥にはどこか優しさが感じられた。

その瞳を見ているとと胸がざわついてしまって、これまで固く閉ざしていた心の扉に、少しずつ亀裂が入っていく。

「別に、何も」

「何もないってことはねえだろ。つか、お前どう見ても優等生キャラなのに、なんで嫌がらせ受けてるわけ？　そういうタイプには見えなかったんだけど」

碧人の口から出てくる、私を心配する言葉。それが追撃となって、扉の亀裂は更に広がっていく。

「私も……そのつもりだったんだけどね。そうならないために、これまで上手く〝優等生〟として立ち振る舞ってたから」

気づいた時には、本音をぽろりと漏らしていた。

お母さんを安心させるために、小学校の高学年からずっと〝優等生〟でいられるように頑張ってきた。いつも空気を読んで、自分なんていないんじゃないかと思うくらいに自分を殺して、誰からも嫌われないためにベストを尽くしていたと思う。

高校生になってからも、片時も油断などしていなかった。周囲に気遣い、笑顔を絶やさず接していた。

それにもかかわらず、たった一度のミスで〝優等生〟のメッキはいとも簡単に剥がれ落ちていった。私のこれまでの頑張りを、嘲笑《あざわら》うかのように。

「でも……私のせいじゃ、ないんだけどなぁ」

じわっと目頭が熱くなってしまったので、慌てて俯いた。はらりと長い髪が落ちてきて、私の横顔を覆い隠す。

今は人の前。しかも、昨日今日初めて話したようなクラスメイトの前だ。これ以上碧人に自分の弱さを見せるわけにはいかない。泣くのは家に帰って自分の部屋に入ってからだ。そう決心して、ぐっと歯を食いしばってお腹に力を込めることで、心の波が静まるのを待つ。

だけど、どうにも感情の渦は収まってくれなくて、荒ぶる気持ちが溢れてくる。なんとも言えない気持ちがぐっと胸の奥から込み上げてきて、嗚咽《おえつ》と涙になろうとしてやまない。私はなんとかそれを抑え込むので必死だった。

ただ、それも上手くいかなくて、小さく呻《うめ》きそうになってしまい、思わず両手で自分の口を押さえた。胸が苦しくなって、気を抜くと今にも涙が溢れてしまいそうだった。

瞼を強く閉じて、溢れそうな涙をぎゅっと押し留める。

「……アホくさ」

そうして涙を堪えているところに、碧人の無情な言葉が背中に降り掛かった。

なんて薄情な男なんだ、と率直に思った。こっちは泣きそうになっているところを必死に堪えているというのに、アホ臭いってどういう神経をしているのだろうか。

「そんな言い方ないでしょ……私だって、好きで」

こうなってるんじゃない――そう振り返って怒鳴ろうとした時だった。

隣に人が座る気配がして、ふと顔を上げると、碧人の顔が目前まで近づいていた。まるで私の心を見透かすかのように、じっとこちらを見据えている。でも、その切れ長な目は普段よりも優しくて、どこか私を慰めるかのように、静かに揺らいでいた。

「そんなんなるまで我慢ばっかしてよ……お前は優等生なんかじゃねーよ。ただのアホだ、アホ」

碧人の乱暴で優しい呟きが、私の耳に届く。

ああ、もうだめだ――その言葉を聞いて、悟ってしまった。私は今、彼の言葉に安堵してしまったのだ。なけなしの力で弱音を抑え込もうとするけれど、それらは今にも扉を突き破って飛び出してきそうで、私の内側から激しく込み上げてくる。堪えきれなくて、思わず目を手のひらで覆った。

「〝お前〟じゃ、ないし……」

私の口から出てきた精一杯の抗いが、そんなどうでもいい言葉だった。

碧人は呆れた口調で「あー、はいはい。深春な、深春」と言っていたけど、その気怠げな言葉とは裏腹に、声音には優しさが滲んでいた。そのあたたかさに堪え切れなくなって、涙がじわりと手のひらに滲む。

ああ、もう。ほんとに最悪。人前で泣いたことなんてなかったのに。

そう自分を叱りつけたい気持ちに襲われる反面、『本当は誰かの前で泣きたかったんでしょ？』と問い掛けてくる自分もいた。誰にも弱音を吐きたくない、知られたくないと思いながらも、本当の私は誰かに弱音を聞いてほしかったのではないだろうか。慰めてほしかったのではないだろうか。

きっとそうなのだと思う。もし本当に碧人に泣いているところを見られたくなかったならば、すぐにこの場を立ち去れば良かったはず。でも、私はここから動かなかった。顔を隠して、ただじっと我慢するだけだったのだ。まるで、助けて、慰めて、と言わんばかりに。碧人はそんな私の本音を見抜いたからこそ、こうして私に寄り添ってくれているに違いない。

私、ずるいな……。

自分の中にこんなあざとい一面があったとは思いもしなかった。私は〝優等生〟で、どんなことでも我慢できると思っていたから。

でも、そうじゃなかった。誰にも頼れないからこそ、全部自分の中で抱え込んで処理してしまおうとするからこそ、誰かに「頑張ったね」「無理しなくていいよ」と言って欲しかったのだ。

そして……碧人ならきっとそんな私を受け止めてくれるのではないかと期待していた。他人には期待しない主義の私が、どうしてか彼には期待してしまう。

暗い公園で独りでいた私を、未知の世界に連れて行ってくれた昨日のように、また助け出してくれるのではないかと思ってしまった。

私もずるいけど……碧人はもっとずるい。

心の中で、碧人に文句を言う。それから暫く、私は小さく嗚咽を漏らしていた。

そして、私が落ち着くまでの間、碧人は何も言わずに隣にいてくれた。


ずずずっ、と思った以上に洟《はな》を啜《すす》る音が廊下に反響してしまい、私は思わずびくっとして隣の碧人を見る。碧人は正面からやや上の天井を眺めていて、その音を気にした様子はなかった。

ほっと安堵の息を吐いて、制服のポケットからハンカチを取り出す。そのハンカチをそっと目頭に押し当てると、じわりとハンカチに水分が滲んでいった。

私が落ち着いた頃合いで、碧人は私から少し離れて座り直した。もしかすると彼も彼で恥ずかしかったのかもしれない。少しだけ気まずそうだ。

「ありがと」

遠慮がちにそう言うと、碧人は「別に」と不貞腐《ふてくさ》れた様子で応えただけだった。

私達の間に沈黙が流れて、耳を澄ませてみる。階下の廊下からは声の大きな教師の授業がうっすらと響いていて、音楽室の方角からは音楽の授業と思われる下手っぴな演奏も聞こえてきた。グラウンドのほうからは体育の授業中の掛け声が聞こえてきて、みんながみんな、それぞれの学校生活を送っていた。

「あーあ……五時間目、サボっちゃった」

私は両手を後ろに突いて、碧人と同じくぼんやりと踊り場の天井を見上げた。

驚いたことと言えば、もう一つある。〝優等生〟が売りだった私が授業をサボってしまったのだ。

予鈴が鳴った時も私はまだぐずぐずしたままで、碧人は何も言わずそんな私の傍にいてくれた。本鈴が鳴って授業が始まり、今に至る。

先ほどの世界史の教科書云々《うんぬん》に加えて、火中の栗である私ともうひとり、年がら年中火中にいる碧人がふたり同時に授業をサボる——これ以上ない話題をクラスに提供してしまった。さすがに今の私に教室《あそこ》に戻る度胸はない。

「ま、たまにはいいんじゃねーの？」

「そっちはしょっちゅうサボってるからいいのかもしれないけど、私は良くないよ。人生で授業をサボったことなんて一度もなかったんだから」

「じゃあ戻れば？　戻れるもんならな」

碧人の手痛い返しに私は思わず「うっ」と呻《うめ》いた。

手鏡で自分の顔を確認してみると、如何にも『泣いてました』というような顔をしている。こんな顔で戻ったら、一体碧人と何をしていたんだとまた良からぬ憶測を呼ぶネタを提供してしまうだけだ。

それなら、もうサボってしまったほうがいい。どうせこんな閉鎖された屋上前の踊り場になんて先生も来ないだろうし、もう五時間目はここで過ごそう。そのほうが気が楽だ。

そんなことを考えてしまっている自分に、思わず笑ってしまう。〝優等生〟の私だったならば絶対にできない決断だったけど、隣に不良がいるとどうしてかできてしまう。一つの問題が周囲に悪影響を与える『腐った蜜柑《みかん》の方程式』というものがあるけれど、碧人という異端分子に私もすっかり影響されてしまったようだ。

「あ、ねえ。さっきの話の続き、していい？」

先ほど碧人から『何があった？』と訊かれたことに対して、何も答えていなかったのを思い出した。開き直ったついでにもう一つ開き直って、自分の現状を話してみるのも悪くないかもしれない。

碧人は無言のまま『どうぞ』と促すように片手を持ち上げ、手のひらを空へ向けてふわりと動かした。

「一年生の頃にね、少し仲が良かった男の子がいて……あ、別に付き合ってたわけじゃないよ？　ただ、同じクラスでたまたま話す機会が多かっただけで、私はよく話すクラスメイト、くらいにしか思ってなかったんだけど」

「相手は違ったパターンだろ」

碧人が私の話の先を読んで、面白そうに口を挟んできた。

実際にその読み通りだったので、私は苦い笑みを浮かべて頷く他なかった。

「てか、それ誰？」

意外にも相手が気になったのか、碧人が訊いた。

「三組の佐伯伸也《さえきしんや》くんだよ」

「あー……あの爽やかくんか」

佐伯くんは隣のクラスなので、碧人も名前には覚えがあったようだ。おそらく体育の授業か何かで顔と名前だけは知っているのだろう。

佐伯くんとは一年生の頃に同じクラスで委員会も同じだったことからよく話していたけど、進級してからはクラスも別れ、自然と話す機会もなくなっていた。用事がなければ男の子と話すことはあまりないので、たまに廊下ですれ違う元クラスメイト、くらいの感覚だった。

ただ、碧人の言う通り、そう思っていたのはどうやら私だけだったらしい。

「それで……突然ゴールデンウイークの前に、佐伯くんから告白されて。当然断ったよ？　恋愛できるほど気持ちに余裕があったわけじゃないし、特別好きだったわけでもなかったし」

「うっわ、ひでぇ。可哀想に」

「だって、本当のことなんだもん」

酷いだとか可哀想だとか言われても困る。そもそも私は恋愛感情だとか人を好きになるだとかいう気持ちがいまいちわかっていないのだ。付き合うって何、好きって何、付き合ったからどうなるんだ、とか……そういうのがいまいちわからない。

もちろん私の周囲にも何人かは彼氏を作っている人がいるので、どういうことかはわかる。ただ、自分事としてどういう感情になったら、そうなりたくなるのかがよくわからなかった。

きっとその感情を理解できるようになるのは、もっと先だと思っていた。少なくとも今ではないのだろう、とも。

「それに……その人のことを好きな人がいることも知ってたから」

「それが、あの三人のうちの誰かってことか」

「そう。山本さん」

山本真代《まよ》――陽キャで、クラスの中でも影響力が強い子だ。

山本さんの好きな男の子が、私を好きになった。これが、山本さん達が私への嫌がらせを始めた原因だ。

私は優等生タイプであると同時に、どこのグループとも話せるが深い関係は築かない、という交友関係が広く浅いタイプでもあった。とにかく独りにならないためには、そして争いにも巻き込まれないように周囲と上手く関係を維持するためには、それが最適解だと思っていたのだ。

広く浅い交友関係を持っておけば、お昼にお弁当を食べる時もどこかのグループに入れてもらえるし、トイレも誰かしらに誘われる。このお弁当やトイレも〝私達〟にとっては『独りではない』ということを周囲にアピールできる場でもあり、大切な要素だ。そうした人付き合いをしていると、当然山本さん達のグループとも接点があって、山本さんが佐伯くんを好きだという話も聞いていた。

私は佐伯くんに対して特別な感情を持っていなかったので、山本さんの想い人を聞いた時も『爽やかだよね』とか『面白いよね』とか適当に話を合わせていた。

だからこそ、告白された時は内心で『まずい』と思ったのだ。

「山本のこと、爽やかくんに言ったのかよ?」

「まさか。ただ普通に断っただけだよ。でも、佐伯くんが私に告白したっていう事実が山本さんに伝わっちゃって……」

私は陰鬱《いんうつ》とした溜め息を吐いた。

黙っていればいいものを、佐伯くんは私に振られたと友達に話し、その結果その話は回り回って山本さん達の耳にも入ったのだ。

そして……ゴールデンウイークが明けた日の放課後。私は突然山本さん達に呼び出された。誰もいない教室で一対三だ。

さすがに私も『これはまずいやつだ』という危機感を持った。そして、案の定取り巻きの小畑さんと川島さんから『真代が佐伯くんのこと好きなの知ってたんでしょ？』と問いただされたのだ。

もちろん、山本さん達にも『私はクラスメイトとしか認識してなかった。もうクラスも変わったし関わることもない』と角が立たないようにオブラートに包んで恋路を邪魔する意思がないことを伝え、その時は事なきを得たと思っていたのだが……。

一連の流れを聞いた碧人は「うへぇ」と嫌そうな顔をしていた。

「まあ……これが今回の原因かな。他に思い当たる節もないし」

思い出しただけで、また気持ちが沈んでくる。

一体この流れのどこに私に落ち度があるというのだろう？　山本さんが嫉妬に狂ったのか、私のことが実は前から気に食わなくて、佐伯くんの一件がトリガーになって憎しみを増幅させたのかまではわからない。ただ、彼女らは他の女子にも私を無視するように扇動《せんどう》したのだ。いや、もしかすると原因なんてものは何でもよかったのかもしれない。私は上手く〝優等生〟をやれていると思っていたけれど、彼女達にとって鼻につく存在となっていた可能性もある。

「……ほんと、くだんねーな」

碧人は一連の流れに呆れた様子で溜め息を吐くと、ごろんと後ろに寝転がった。

そこからは特に会話はなかった。私も特に話すべきことが浮かばなかったし、碧人もそれ以上に深入りしてこなかった。

私も彼の隣に並ぶ形で寝転がってみる。

髪や制服に埃《ほこり》がつくのは嫌だけど、それ以上に脱力感というか、胸の内が軽くなった気がして、寝転がってみたいと感じていた。

誰かに抱えている悩みや問題を話したのは、私の人生ではこれが初めてだ。

話せるほど気の許せる友達はいなかったし——大体の人は口が軽いので、誰かに秘密を話した瞬間別の誰かに共有されると思っておかなければならない——心配を掛けたくなかったのでお母さんにも話したことはない。

いつでも平気な顔でなんでもひとりで解決している優等生……それがきっと周りから見た外瀬深春で、私が演じてきた外瀬深春。私はずっとそうやって自分を騙し続け、頑張り続けてきた。

でも、どうしてか今回は耐えられなかった。それはきっと、碧人がちゃんと〝私〟を見てくれていたからだ。

そっと、隣に寝転ぶ碧人を盗み見る。

彼は目を瞑って、静かに胸を上下させていた。屋上扉から漏れてくる太陽光が空中に舞う細かい埃をキラキラと映し出し、粒子のように彼の金髪を輝かせている。

なんだか不思議な感覚だった。まさか、不良の碧人と一緒に授業をサボるだなんて。

「なあ、深春」

「な、なに?」

唐突に声を掛けられ、私は慌てて視線を碧人の横顔から天井へと戻す。

彼は小さく溜め息を吐いてから、こちらに顔を向けた。

「お前さ、なんで自分がしんどいかわかってる？」

「え？　どういうこと？」

「……そっか、わかってねーか」

碧人は私の表情を見て何かを確信すると、溜め息を吐いて、もう一度目を閉じた。

「ちょっと。言いかけて途中でやめないでよ」

私は起き上がって、訝しむように碧人の顔を覗き込んだ。

しんどいとは、辛い理由とかだろうか？　今この状況のことだけを言っているのであれば、それは間違いなく佐伯くんの告白のせいだろう。でも、彼の言い方的にそういう話がしたいわけではなさそうだ。

碧人は目を開けて横目で私を見ると、こう言った。

「お前の世界が、一個とか二個しかねえからだよ」

「世界……？」

碧人の言葉に、私は怪訝そうに首を傾げる。脈絡もなくいきなりＳＦチックな話をされてもついていけるはずがない。

私の世界とは、どういう意味だろうか。私にとっての世界？　それとも、この物理世界そのもの？　そもそも世界がいくつもあるってどういうことなのだろう？

「世界っていうと意味が広過ぎるか……まあ、わかりやすく言うと、コミュニティとか居場所ってことだよ」

困惑している私を見て、碧人が補足してくれた。

「コミュニティとか自分の居場所が少ないと、逃げ場がなくなるだろ。例えば、学校と家だけで生活が構成されてると、そのどっちかでミスったら致命的になる。学校と家で過ごす時間が圧倒的に多いからな。そこで事故ったら、後遺症もでかい。深春はバイトとか部活とか、他に趣味の集まりとか、そういうのないだろ」

「うん……ない。学校と家だけ」

「だから、お前はしんどいんだよ。その二つだけで世界が構成されてるから、誰それに嫌われた、とかくだんねー人間関係で気を揉むことになる」

耳が痛い話だった。私の生活はまさしく『誰それに嫌われない』ためだとか、『お母さんに心配掛けない』ためだとかの理由だけで回っていたのだから。

「でも、俺は学校で何を言われても気になんねー。なんでかわかるか？」

碧人の続けての問いに、私はふるふると首を横に振った。

もちろん、彼の言いたいことはなんとなくわかる。要するに、彼の言う世界とは〝生活圏〟のことだろう。多くの高校生にとって、その生活の中心となる場所はほとんど学校と家だ。

ただ、それは私達高校生にとっては当たり前ではないだろうか？　私だけでなくて、クラスの子達だって家と学校でその日のほとんどを過ごす。塾やバイトに行っている人もいるかもしれないけれど、それでもそこで過ごす時間はそんなに長いとは思えなかった。

　碧人は学校をよくサボっているとは言え、見ている限り、あくまでもそれは進級に差し支えがない程度だ。私とそこまで差があるとは思えなかった。

「俺には……バンドっていう別の世界があるからだよ」

「バンドが、世界なの？」

　少し意外な言葉だった。確かにバンドはコミュニティではあるだろうけど、そんなに長い時間を過ごす間柄ではないと思えたからだ。

　昨日のライブでメンバーさん達から聞いたところによると、碧人以外はみんな大学生だ。当然、学校やバイトもあるだろう。それでも碧人はバンドが学校や家と同じくらい大きな世界なのだと言う。

「ああ。もちろん、バンドの練習は大体週に一回とかで、まだライブだって月に一本とか二本とかしかしてないから、そんなに長い時間をあいつらと過ごしてるわけじゃない。それでも、俺の世界は間違いなくバンドが中心にあるんだよ。だから、学校で何言われたって気にならねえ。俺には俺の生きる場所があって、ちゃんと必要とされる場所があるからな」

　碧人はふんと鼻を鳴らし、また目を閉じた。

その話を聞いて、碧人が最初に『世界』という言葉を用いた理由がわかった。その場所で過ごす時間の長さではなく、どこに自分の精神的な支柱を置いているか、という意味だったのだ。

言われてみれば、私の『世界』は家と学校の二つだけで形成されていた。家ではお母さんは仕事でいない時が多いので、家事はほとんど私がやることになっている。自分の時間なんて、勉強している時や寝る前のほんの少しの時間だけだ。学校は学校で、ずっと〝優等生〟でいるためにいつも周囲に気を遣っている。たまたま同じ年に生まれたというだけで、明確な共通点も一貫性もなく、家庭環境や容姿、性格、考え方、価値観、趣味嗜好の異なる人間達が一つの場所に放り込まれ、みなに気遣い〝上手く〟やろうと必死になっていた。そこに私の楽しさや求めるものは何もない。癒しももちろんなかった。ただただ息苦しいだけだ。

確かに……こうして私の『世界』を俯瞰してみると、〝しんどい〟だけで構成されていたのかもしれない。学校は楽しいことよりも気疲れのほうが多いし、家でも仕事で疲れているお母さんをいつも知らず知らずのうちに、気遣っている。図書館で勉強している時は気疲れしないけれど、決して好き好んで勉強をしているわけではない。ただ必要で、やらなければならないからやっているだけだった。

「でも、私にはバンドみたいなものなんてないし。他の子も同じだと思う」

私は碧人に反論した。抗いたかった、と言ったほうが正しいのかもしれない。

碧人の言い分は、痛いほど理解できる。理解はできるけど、碧人が偶然そういった精神的な支柱を見つけられただけなのではないか、とも思うのだ。

ほとんどの高校生に、そんな都合のいい世界があるわけがない。きっと多くの人は学校と家だけで世界が構築されていて、疲弊しているのではないだろうか。

ただ、そうした私の抗いを、碧人はたった一言でいとも簡単に制圧した。

「探す努力はしたのかよ？」

「あっ……」

痛恨の一撃だった。私はこれまで、碧人の言う『世界』など考えたこともなかったので、当然探す努力などしているはずがない。疑うことも抗うこともなく、ただ当たり前に目の前にある状況を受け入れていただけだったのだ。

「……うちのバンドの客にもさ、お前みたいな奴が結構いてさ」

碧人はむくりと起き上がって、ちらりと私と視線を合わせた。

「バンドのお客さん？　昨日、ライブに来てた人達？」

「ああ。学校とか職場で居場所がなくてよ。んで、客同士で仲良くなって、ライブを一緒に観に来てくれてる」

曰《いわ》く、碧人のバンドのお客さんにとってライブは、同じ趣味を持つ友達同士が会うための場になりつつあるのだと言う。ライブの前後にご飯や買い物に行って、むしろライブがおまけになっている人もいるそうだ。

もちろん全員が全員そうではなくて、純粋に碧人達のライブを楽しみにしている人もいるけれど、それはそれで一つの『世界』なんじゃないかと碧人は言った。自分の精神的な支柱が『好きなバンドのライブを観る』や『応援をする』にあるのならば、確かにそれも一つの『世界』だ。

「バンドの客って社会人が多いからさ。あの人らからすれば、もっとそうなんじゃねーかなって。職場と家だけの往復になったら、それこそどっちかミスったら俺らより悲惨だと思うしな。みんな、小さな『世界』を作って、自分が潰れないようにしてるんだろ」

反論どころか、ぐうの音も出なかった。碧人を見ていると、〝優等生〟でいることに必死だった自分がひどく幼く思えてならない。

「お前さ、〝優等生〟以外に何かねえのかよ?」

「えっ……!?」

ちょうど〝優等生〟について考えていたところだったので、心の中を読まれたのかと思ってびくりと身体が強張った。

「どうしたい、とか、何やりたい、とか、どこ行きたいとか、そういうのないわけ?」

「そんなこと、言われたって……」

「お前はどうしたいんだよ。どう生きたいんだよ」

碧人は畳み掛けるように言うと、その切れ長な目でじっとこちらを見ていた。

どこに行きたくて何がやりたくて、どう生きたいか……進路調査で訊かれる質問とほとんど同じはずなのに、その言葉の重みが全く違って、何も言葉が出てこなかった。

「どう、したいんだろ……？」

自分がどうしたいかなんて、訊かれたこともなかったし、考えたこともなかった。

お母さんは大変だから迷惑を掛けてはいけない、そのためには〝優等生〟でいなきゃいけない、だから勉強を頑張らないといけない、上手く学校でも立ち回らなきゃいけない……そんな短絡的な思考の中で生きていたのではないだろうか。

でも、こうして考えてみると、私の世界にあるものは『しなければならない』ばかりだ。『したい』が一切なかった。

「あー、もう。わーったよ」

私が黙り込んでしまったのでバツが悪かったのか、碧人はその金髪をばりばりと掻きむしって、大きく息を吐いた。そして、驚くべき言葉を紡いだ。

「とりあえず、お前の『世界』の一個に俺がなってやるよ。そうすりゃ、学校と家の二つだけじゃなくなんだろ」

「……？　うん、ありが――」

なんとなく、もう一つ『世界』ができるならそれでいいか、と思って素直にお礼を言いそうになって、ふと思い留まる。

今、なんて言ってたっけ？　確か、お前の世界の一個になってやるとかなんとか……？

その言葉を思い返して認識した瞬間、顔に火が灯ったかの如く、一気に赤くなった。

よくよく考えれば、これ告白になってない？　もしかして、そういう意味だったりするの⁉

「えっ、ちょ、ちょっと待って⁉　そそ、それって……その、付き合うとか――」

「バカ。キツかったらまた気晴らしに付き合ってやるって言ってるだけだろ」

私の考えを碧人はすぐに否定した。

どうやら自意識過剰なだけだったようで、ほっと安堵の息を吐く。ただ、ほっとしたと同時に、ちくりと胸が痛んだ。

どうしてだろう？　別に、付き合うとかそういうことを碧人に求めているわけじゃないのに、少し寂しい気持ちになってしまった。

「まあ、なんつーかさ……あるだろ、色々。なんか疲れたなーって時とかさ。そういう時誘ってくれりゃ、授業くらいならまた一緒にサボってやるよ」

いつもより不機嫌そうでぶっきらぼうな物言いだったけれど、そう言った時の碧人の顔は少し照れ臭そうで、それでいてどこか優しい。その優しい表情には、覚えがあった。

「あっ……」

思い出した。それは、まさしく昨日だ。昨日のライブ中に、ステージから私に向けてくれた笑顔と似ていた。今は笑顔じゃなくて仏頂面だけれども、どうしてか昨日の笑顔と重なって見えてしまう。

それに気づいた時、昨日のライブで碧人を見た時のように、胸がドキドキと早鐘の如く打ち鳴らされた。鼓動が早まって、何故かまた瞼が熱くなってきてしまう。悲しいわけでも、悔しいわけでもないのに、無性に泣きたくなってしまった。その理由を少し考えてみて、私は一つ思い至る。

そっか……こうやって誰かにちゃんと私のことを見てもらえたの、初めてなんだ。

碧人は〝優等生〟の私ではなくて、その奥にあるものを見ようとしてくれている。どうして彼がそこまでしてくれるのかはわからない。でも、かりそめの私ではなく、擬態している私でもなく、本当の私を見ようとしてくれていた。

それはもしかすると、誰かに見つけてもらえた、という感覚に近いのかもしれない。親でも先生でも友達でもない、別の誰かに自分の存在を認知してもらえた。こんな感覚、初めてだ。

「あ、ねえ。一つだけしたいこと、見つかった」

唐突な私の言葉に、碧人は「あ？　なんだよ」と不機嫌そうにこちらを向いた。

「また、碧人のライブ観たいな」

「はあ？　ンなもん、またすぐ観れるよ。今月もう一本ライブやるし」

「じゃあ、それも行くね。楽しみにしてる」

その言葉に、私は自然と笑みを浮かべていた。

たぶん、またあのドキドキと衝撃と……そしてステージで楽しそうにしている碧人を見られると思うと、嬉しくなってしまったのだ。

「なんだそりゃ。まさか、この前のライブでマジで惚れたってか？」

「うん。ギター弾いてる時だけはかっこよかったよ。弾いてる時だけは、ね」

「イラっとくる言い方しやがんな……って、ちょっと待て。なんで俺のライブの話になってんだよ。お前の話だったたろ」

「え？　そうだっけ？」

私はくすくす笑ってとぼけてみせると、碧人の視線から逃れるようにして立ち上がった。「おい」と呼び止められたけれど、気にせずそのまま階段を下りていく。

だって、もうそろそろ授業終わるし。さすがに授業を二時間連続サボるわけにはいかないし。

……なんていうのはもちろん建前で、ここを離れるための口実だ。これ以上ここにいると、自分でも赤面もののことを言ってしまいそうな気がしてならなかった。

碧人からさっき『お前は何がしたいんだ、どう生きたいんだ』と問われた時に、生き方や将来についてなんて何も思い浮かばなかった。ただ、家のことや学校のこと、あるいは自分に課していた義務を全部取っ払って浮かんだことが、ステージで楽しそうにしている碧人だったのだ。その姿をまた見たいと思ってしまった。

それがきっと、とりあえずは私の『したいこと』なのだろう。それは義務で雁字搦《かんじがら》めになっていた私の世界に芽生えた、とても小さな――でも初めての――意志。

きっと昨日の時点で、私は碧人から新しい『世界』を示されたのだと思う。そして、その『世界』が今、ここから動き出した気がした。

# 三章

# 拡がる世界

# 1

私の世界は、たった二日間で大きく変わった。いや、碧人というたったひとりの不良（っぽく見える）バンドマン同級生に広げられたというべきだろうか？

少なくとも、彼と屋上前の踊り場で話して以降、私の世界は確実に変わった。私自身の生き方を真剣に考えなければならないと痛感したし、周囲からの見られ方も大きく変化した。〝優等生〟だった私は、いつの間にか不良の碧人と関わりがあるらしいという噂を立てられていたのだ。

そのおかげで、山本さん達からの直接的な攻撃はやんだけれど、クラスで孤立している状況に変わりはない。むしろ、みんなから腫れ物扱いされているようだった。

ただ……こうした環境も数日続けば少しずつ慣れてくるもので、初日ほど凹まなくなっていた。全く凹まなかったと言えば嘘になるけども、数日間そうした生活を送っているうちに、落ち込むというよりげんなりした、という気持ちのほうが強くなっていった。それはきっと、碧人から新しい世界を提示されたからだ。以前までの私だったら、この『誰からも話し掛けられず、休み時間はちらちら見られながら陰口を叩かれている』という状況には到底耐えられなかった。

碧人は碧人で――自業自得な部分があるとは思うけど――その風貌や態度からずっ

と今の私みたいな状況を経験していた。でも、碧人の『世界』の中心はバンドで、そこでは彼を求めるメンバーやファンがいる。だからこそ、何を言われても気にならないのだと言う。

ただ、それは碧人の強がりだろうな、とも思う。私が数日間話した印象でいうと、碧人は一見粗野《そや》な性格に見えて、実は私以上に繊細だ。それでも彼が平気でいられるのは、精神的な支柱が別の場所にあるからだろう。その事実は私を驚かせたし、同時に安心もさせてくれた。私にだってできるかもしれない、と思わせてくれたのだ。

とはいえ、私には精神的な支柱などないのだけれど、それでも新しい『世界』の候補として碧人がいてくれる。一緒に話したり、愚痴を聞いてくれたりする人が近くにいてくれるだけでも気持ちはずいぶんと軽くなっていた。

この状況下で『独りではない』と思えることで、きっと私は救われていたのだと思う。どこまで碧人が計算していたのかはわからないけれど、心の中では感謝していた。実際にはちょっと癪《しゃく》なので、教えてやらないけれど。

また、山本さん関連のいざこざは『そもそも学校とは勉強しに行くところである』という本来の役割を思い出させてくれた。学校とは、決して誰かとお弁当を食べたりトイレに行ったりと、周囲の視線や評判を気にしに行く場所ではない。そうであれば、学校にいる間はずっと勉強していればいいだけだ。授業中は陰口を言われることはほとんどないし、休み時間だってせいぜい十分程度。自習をしていればすぐに終わる。

こういう風に考えられたなら、トイレに誰と行くだの、休み時間に誰と会話するだの何をこれまで気にしていたのだろうか、と思えてくる。私はどれだけこれまで狭い世界の中で生きていたんだろう？

もちろん、陰口やイロモノを見るかのような視線が全く気にならないかと言えば、嘘になる。実際に陰口が聞こえてくれば、私も鬱屈《うっくつ》とした気持ちになった。

でも――雑音なんて、遮断してしまえばいい。ライブハウスでの爆音でも耳栓代わりの役割を果たしてくれた、ブルートゥースのイヤホンがあれば、雑音は遮断できる。

私は朝登校して自分の席に座ると、鞄の中からイヤホンを取り出して耳にセットし、スマホで音源配信アプリを開いた。碧人のバンド〝カタカムナ〟の曲はサブスク配信されていたらしく、私が普段使っているアプリでも聴ける。

休み時間や授業の合間の陰口はこうしてスマホで〝カタカムナ〟の曲を聴いて勉強していればすぐに終わる。とにかく下を向いて、教室の中では教科書に向き合う……それが、今の私が取り得る唯一の対抗策だった。

今日も今日とて、雑音は音楽で遮断してしまおう。そう思ってアプリの再生ボタンをタップした時――スマホのスピーカーから、大音量で〝カタカムナ〟の楽曲のイントロが流れた。

「ひゃっ」

私は小さく悲鳴を上げると、慌てて停止ボタンをタップして曲を止める。ブルートゥースが切れてしまっていたのだ。

や、やっちゃったぁ……。

心臓がバクバクと嫌な音を立てる。穴があったら入りたかった。ただでさえ視線を感じるのに、爆音——しかも私が聴きそうにないラウドロック——を鳴らしてしまい、今やこの教室中の視線が私に集中していた。また誰かの陰口のネタにされると思うと、胸の中にどんどん不安や不快感が広がってしまう。

だ、大丈夫。平常心、平常心。

私は自分にそう言い聞かせて何食わぬ顔でイヤホンを耳に差そうとするが、手は震えている。もう、ほんとに最悪だ——そう思っていた時、私の脳天にぱしっと軽い衝撃が加わった。

「痛《いた》っ」

驚いて後ろを振り向くと、今登校してきたらしい碧人が物凄く不機嫌そうな顔で立っていた。どうやら彼の手刀が私の脳天目掛けて振り下ろされたらしい。

何するの、と私はつむじ部分を擦り、不満げに見上げた。いや、彼が怒っている理由については十二分に理解しているし、申し訳ないとも思っているのだけれど。

たとえ一瞬でも〝カタカムナ〟の楽曲が教室に流れたことに慌てたのだろう。碧人がバンドをやっていることはみんなも知っているけど、実際にどんなバンドをやっているのかまでは知らないわけで。案の定、碧人の額にピキピキと血管が浮き出る……

のが見えた気がした。

「……てめー、わざとだな？」

「違う、違うってば！　今度から気をつけるから、怒らないでよ」

私に反省の色が見えなかったからか、碧人がもう一度手を振り上げたので、慌てて防御の体勢を取りながら平謝りする。暴力男め。これだから不良は。

「お前が優等生って、冗談だろ」

「……〝お前〟じゃないし」

「はいはい、深春な」

碧人は舌打ちして、いつもみたいに怠そうに自席に座った。何度目かのお馴染みのやり取り。ただ、今の私にとっては心細さとやっちまった感を取り除いてくれる治療薬みたいなものだった。

変わったことと言えば、これ。女子のグループからは排除されてしまった反面、こうしてたまに教室や廊下で碧人と話すようになった。もちろん、私達がいきなり話すようになったので、これも井戸端会議の格好のネタとなっているのだろう。全く気にしない、というのは無理だ。でも、当の碧人は気にした様子がなく、不機嫌オーラを放っているだけなので、私もそれに合わせる他なかった。

これが、今の私の新しい世界。望んだものではないし、視線も陰口もやっぱりまだ気になってしまうけれど……それでも、ただ嫌がらせを独り耐え続けるだけの日々を送るよりかは、ずいぶんとマシに思えた。

ときには、音楽を教室で流してしまうハプニングもあるけれど——あれが初めてだったし最後でありたい——休み時間は音楽を聴いて、勉強をしていればすぐに済む。ただ、お昼休みはそうはいかない。さすがにお昼は私も食べたいし、ずっと勉強しっぱなしも疲れる。でも、教室で過ごすのはあまりにも苦痛だ。

それもあって、基本的にお昼は教室では過ごさない。では、どこにいるのかというと……あの場所。碧人とふたりで話した、屋上前の踊り場でひっそりとお昼休みを過ごすようになっていた。

お昼休みになってトイレに寄ってからいつも通りに最上階まで上がると、そこにはいつも通り先客がいた。私と同じクラスで隣の席の金髪不良バンドマン——三上碧人だ。ここはもともと彼のお気に入りの場所だったらしく、お昼休みはここで過ごすことが多いそうだ。

碧人は両手を後ろに組んで枕にして、目を瞑ってすーすーと寝息を立てていた。

「碧人……？」

私は小声で呼び掛けてみるが、反応がない。先ほどの四限目の授業は横の席が空席だったところを見ると、案の定ここでサボって昼寝をしていたらしい。

私の自意識過剰でなければ、碧人は私と話すようになってから遅刻をしなくなった気がする。授業をこうしてサボる時はあるけれど、一限の授業には大体いた。もしかして、私に気を遣ってくれているのだろうか。

まさか、ね？　さすがに碧人がそこまで私にしてくれるとは思えない。というか、そんな義理が碧人にはない。大方、この一ヵ月と少しで一限を遅刻し過ぎたせいで単位を気にしているのかもしれない。

そんなことを考えながら、私はこっそりと足音を忍ばせ、碧人の隣に座ってその寝顔を覗き込む。

こうして見ると、やっぱり綺麗な顔だなぁ。

普段は鋭い目つきをしているけれど、眠っていると表情が穏やかになって別人みたいだ。無防備なその横顔に、少しだけ親近感を覚える。

ふと視線を下ろすと、金髪に隠れた耳にいくつものピアスが輝いていた。ピアス同士が横で連なっていて、チェーンみたいになっているのもある。デザインも個性的で、近くで見るとお洒落でかっこいい。

これ、どうなってるんだろう？　重くないのかな？

ライブで暴れても取れないほどしっかりついているのなら、結構頑丈に作られているのかもしれない。そんなことを考えながら、つい見入ってしまっていた。

こんな風に誰かの顔をじっくり見るのは初めてかも。もっと近くで見てみたいな。

そう思って、そっと顔を近づけたその瞬間――

「……おい」

低い声とともに、彼の目が開いた。どうやら、起こしてしまったらしい。

「何しようとしてんだ、こら」

おそるおそる碧人の顔を見てみると、切れ長の目がぎろりとこちらを睨んでいた。

きっと、彼のことを知る前の私なら平謝りして逃げていたに違いない。ただ、彼の場合は目つきや口が悪いだけで、こちらが嫌がることは何もしてこないのだ。それがわかっていれば、何も怖がる必要などなかった。

「ごめん。こんなにピアス開けてる人って初めて見たから、つい見入っちゃって」

「つい、じゃねー。ピアスなんてアクセショップ行きゃあ腐るほどあんだろ」

「でも、ピアスがくっついた耳はお店には置いてないじゃない？」

「ないだろ、そりゃ。あったら怖ぇわ」

碧人は私の軽口に呆れたような溜め息を吐いて、むくりと起き上がった。

「ご飯はどうしたの？」と訊くと、碧人は「さっきパン食った」と欠伸《あくび》をしながら答えた。

その返事を予想していた私は、おずおずと少し大きめのお弁当箱を彼の前に差し出す。

「……私のお弁当、ちょっと食べる？」

「おー、食べる食べる」

「どうぞ。好きなの食べていいよ」

お弁当箱を開いて、碧人のぶんのお箸を渡す。

これも、ここ数日では恒例となったやり取りだ。

碧人はコンビニや購買のパンで昼食を済ませることが多く、大体いつも物足りないらしい。以前物欲しそうに私のお弁当を見ていたので、以降はこうしてお弁当箱を大きめのものに変えて、おかずも多めに作るようにした。少しお弁当の量を増やすのはそれほど手間ではないし、私自身は小食なので、むしろ食べてもらったほうが助かる。

普段から、お弁当を作っている時はこれくらい食べられるだろうと思って多めに作るのだけど、実際に食べてみると食べ切れない時が多いのだ。たくさん食べたいのにろくすっぽ入らないこの胃が少し恨めしくなる。そういった意味では、私の作ったものをパクパク食べている碧人を見るのは、嫌いではなかった。

なんだか、こうしてると付き合ってるみたい。

一瞬だけそんなことを考えてしまった自分に少し呆れて、思わず笑ってしまった。

これまで男の子と一緒にご飯なんて何か行事でもない限りなかったのに、どうしてか毎日男の子とふたりでお昼を食べている。しかも、相手は学校では問題児扱いされている不良の男の子ときたものだ。おかしいにもほどがある。

「……なんだよ」

うっすらと笑みを浮かべてしまっていたのか、碧人が怪訝そうにこちらを見た。

私は「別に、なんでもないよ」とだけ応えて、だし巻き卵にお箸を伸ばす。付き合ってるみたいだね、なんて言おうものならすぐさま怒声が飛んできそうだ。

私だってなんとなく思っただけで、本気でそうなるとは思っていない。こうしてお弁当を多めに作っているのは、ちょっとした恩返しというか、これまでは彼がひとりで使っていたであろうスペースにこうしてお邪魔させてもらっているわけで、いわばこのお弁当は踊り場の使用料みたいなものだった。まあ、私だってこの学校の生徒なわけだし、ここを使ってはいけないわけではないと思うのだけれど、気持ち的な問題だ。

「さっきの数学もサボってたけど、テスト範囲とか色々言ってたよ」

「マジかよ……しくった」

「ノート、写す？」

「おー、そりゃ助かるわ」

そんな淡々としたやり取りだけが進む。

碧人と一体どんな関係なのかと訊かれたら、正直どう答えていいかわからない。周りから見たら付き合っているように見えるかもしれないけど、実際には付き合っているどころか友達ですらない……と思う。ファンとミュージシャンの関係なのかと言えば、それも違うし。じゃあただのクラスメイトかと言うと、それも違う。私とここまで距離感が近い男子は過去にいなかったし、男子の中では比較的仲がいいと思っていた例の佐伯くんよりも、碧人とのほうが確実に距離は近い。少なくとも、特に用事もないのに話す男子は碧人が初めてだ。

それに、ここ最近でもう一つ私の生活に変化があった。これこそが、私と碧人の関係性をいまいちわからないものにしている事柄でもあるのだが——

「てか、今日もバー行くの？」

食べ終わった頃に、碧人がなんとなしに訊いてきた。

「そのつもりだったけど……碧人は、行かない？」

彼から使い終えたお箸を受け取りつつ、お弁当箱を包んで答えた。

今日も無事お弁当箱は空っぽになった。パンを食べた後なのに半人前くらいは食べてしまうのだから、やっぱり男の子はよく食べるなぁと感心してしまう。

「いや、別にそれは構わねーけど。今日は俺バイト入ってるから」

碧人はスマホをいじりながら答えた。

もちろんこれも学校の人達は知らないが、碧人はファミレスの調理場でアルバイトをしている。音楽の活動資金のためだそうだ。派手髪でピアスの高校生を雇ってくれたのが、ファミレスのキッチンだったらしい。ちなみに、コンビニのアルバイトは面接の時点で落とされたそうだ。この目つきと口の悪さなら当たり前だ、と吹き出してしまったら、案の定怒られた。

「え、また？　テスト近いんだから、他の人に入ってもらえばいいのに」

私は少し眉根を寄せて、やや咎《とが》めるように言った。

この短期間で、彼がすでに何回か代打出勤しているのを目にしている。さすがに学業に差し支えが出るほど出勤を要請するのは店としてどうなんだ。

「大学生がいきなり当欠かましたらしくてさ、三時間だけ入ってくれって。他に出れる奴いなそうだったし、まあ金が増えるのは有り難いからな。ちょうど欲しい機材あるし」

「機材はお金で買えてもテストの点数はお金では買えないの、知ってる？」

「……そういう正論言う奴、嫌い」

私の手痛いツッコミに碧人は不貞腐れた様子で答えると、こちらに背を向けてごろんと横になった。

「まー、そういうこった。勉強はできてもせいぜい二時間くらいかな」

「はーい。じゃあ、また放課後ね」

「うい」

そんなやり取りをして、私は屋上の踊り場を後にする。

トイレに寄って教室に戻って、後は次の授業の準備をしていれば昼休みは終わりだ。

「また放課後、か……」

私は階段のほうを振り返ると、小さく溜め息を吐く。

そう……今の会話からもわかるように、放課後も碧人と過ごすようになっていた。

＊

学校から繁華街のほうに向かって暫く歩くと、私達の目的地——街の隅にひっそりと佇《たたず》む、古びたレンガの外壁に囲まれた小さなお店が見えてきた。

入り口には〝LIVEBAR　クローネ〟という看板、アンティーク調の木製の扉には、〝CLOSED〟という札が掛けられている。碧人が気にせず扉を押すと、柔らかな鈴の音が響いて、ほんのりと漂うコーヒーと古い革の香りが鼻をくすぐった。

碧人に続いて扉を潜ると、視界に入ってくるのはちょっとした異空間。重厚な木製のカウンターは深い飴色に輝いていて、壁には色褪せたレコードジャケットやモノクロのジャズアーティストの写真が飾られていた。店内のテーブルや椅子も、一つひとつが異なるデザインで統一感はないけれど、それがかえって心地いい。淡いランプの光が、木目や古い金具に穏やかに反射し、静かな落ち着きを与えていた。奥の一角には、小さなステージが設けられていて、ピアノとエレキギターが寄り添うように置かれている。

「あら、いらっしゃい。碧人くん、深春ちゃん」

カウンターの奥から、開店準備をしていた女性——雨宮《あまみや》美幸《みゆき》さんが笑顔で迎えてくれた。

彼女は碧人のバンド繋がりの知り合いで、ここ〝クローネ〟の店長さんだ。歳は二十代前半か半ばといったところで、どこか余裕があり、雰囲気も声も柔らかい。私からすれば如何にも大人という感じの女性だった。

「うぃっす」

「……お邪魔します」

碧人は怠そうに、私はおずおずと美幸さんに挨拶すると、いつも使わせてもらっている隅っこのテーブル席に腰掛けた。

「学校お疲れ様。どうぞ」

美幸さんが柔らかい笑顔のまま、ホットコーヒーを私達の前に並べた。開店前だから、とこうして彼女はいつも私達にコーヒーを御馳走してくれる。それだと申し訳ないので、いつも開店してからケーキ類を頼むのだけれど、美幸さんからはそんなに気を遣わないでといつも言われていた。

「あの、ほんとに迷惑じゃないですか？　毎日お邪魔しちゃって」

「いいのよ、気にしなくて。開店は六時からだから、好きに使って」

美幸さんはスマホを操作して店内に音楽を流すと、開店準備へと戻っていった。

ゆったりとしたジャズミュージックが流れる中、私と碧人は早速テーブルの上に数学の教科書とノートを並べていく。

「今日はバイト何時からなの？」

碧人に訊くと、彼は「七時」と壁掛け時計を見ながら答えた。

今は午後四時半過ぎ。バイト先までの移動を考えると、本当に二時間くらいしかない。

「あんまり時間ないね。早速始めよっか」

「……ちょっとは休ませろよ」

ぼやきつつも、碧人は早速問題集に取り掛かっていた。

それからは、ただ私達の筆音とジャズミュージック、それから美幸さんの作業音だけが店内に響く。

私達に、あまり会話はない。時折碧人から「ここ教えて」と頼まれて、解き方を教える程度。美幸さんも、私達が勉強している間は特に話し掛けてこなかった。

こうして碧人とふたりで勉強するようになって——どちらかと言うと私は教える側なのだけれど——その場所として、〝クローネ〟を使わせてもらっていた。

発端は、一週間くらい前のお昼休みの会話。確か、碧人が中間試験が怠いだの数学がついていけないだのとぼやいていて、私が「教えようか？」と提案したのが切っ掛けだ。授業をサボっているのだから勉強についていけないのも自業自得……とも思ったのだけれど、碧人には何かと救われていたので、何か恩返しがしたい気持ちがあったのだと思う。

それから放課後にふたりで図書館に向かったけど、その日は運悪く臨時休館。そこでどうしようかと頭を悩ませていたら、「じゃあ、知り合いのバーでやる？」と碧人から提案されたのだ。

正直に言うと、私は少し身を強張らせた。だって、バンドマンだし、見掛けも不良だし。そんな彼から『知り合いのバー』という不穏な響きを感じる言葉が出てきて、何かされるのではないかと一瞬警戒してしまった。

ただ、ここ数日のやり取りで碧人がそんな乱暴をする人ではないというのもなんとなくわかっていたし、『知り合いのバー』という私の日常からするとやや現実味に欠けた響きに興味があったのも事実だ。

そうして連れてこられたのが、学校と図書館の間くらいの場所に位置したこの〝クローネ〟。店長の美幸さんは〝カタカムナ〟のベース・輝明さんの知り合いだそうで、碧人が輝明さんに連絡を取って、勉強で使わせてもらえないかお願いしてくれた。それから、私と碧人は放課後にこうしてクローネに寄って、勉強させてもらっている。

碧人は本当に私に知らない『世界』を見せてくれる。ライブバーもライブハウスも、碧人と出会っていなければ絶対に訪れなかった。

碧人曰く、この二つは明確に異なっていて、ライブバーは音楽を背景に飲食を楽しむことができる場所、ライブハウスはステージパフォーマンスを中心に楽しむ場だそうだ。

クローネは店内がアンティーク調で非現実的な空間というのもあるのだけれど、やっぱりどこか異世界に迷い込んだみたいな気持ちになってしまう。そんな非日常空間を、いわゆるイケメンと称される男子と過ごすのにドキドキしないはずがなくて……無意識のうちに碧人の顔を盗み見してしまっていて、手が止まっている自分にはっとする。

もちろん、碧人は私の邪《よこしま》な視線に気づくこともなく……ただ、ノートに向かっていた。緊張した様子もなく、本当にいつも通りだ。

碧人にとっては、特別でもなんでもないことなのかな……？

緊張して意識してしまっているのは、私だけなのだろうか。それとも、私が自意識過剰なだけ？

碧人の心理が読めず、ろくすっぽ男性や恋愛なんてものに興味を持ってこなかった自分を恨んだ。ほぼ毎日ふたりきりで過ごすような距離感の男子は私の人生では彼が初めてで、判断材料がない。最近だと、佐伯くんくらいだろうか。佐伯くんに好意を寄せられていることにも全く気づいていなかった私が、碧人の心など見抜けるわけがない。

意識しているのは私だけで、彼からすれば同性の友達と過ごしているのと変わらないのかもしれない——数日間一緒に過ごしてみて、結局そんな結論に至った。

あの日から、放課後はこうしてクローネに通うことが私の日常になっていた。今日でこのお店に来るのも六回目だ。

「はぁー……だる」

勉強を始めて一時間ほど経過した頃だろうか。碧人は大きく伸びをしたかと思うと、ステージ脇に立てられていたエレキギターを手に取った。飛び込みの演者が演奏に参加できるように置いてあるらしく、誰でも触っていいそうだ。

集中力が切れると、碧人はこうしてギターを弾いて気分転換をしていた。開店前なので、もちろん美幸さんも何も言わない。むしろ「音出したかったらアンプ通してもいいわよ？」と言う始末。おおらかな女性で、本当に余裕に溢れているなと思わされる。私ならきっと、触る前に一声掛けてよ、と文句を言ってしまいそうだ。

店内にうっすら流れるジャズミュージックに、碧人の指が弦を滑る音とピックが弦を弾《はじ》く音が加わる。弦を弾く音と言っても、エレキギターはアンプを通さないと音が出ないので、本当に僅かな音だ。

私がここで勉強している理由は、これにもあるのかもしれない――そんなことを考えつつ、私は筆を止めて、ギターの指板を走る彼の手をじっと見ていた。

こうしてギターを弾く碧人を見るのが、きっと好きなのだろう。ステージでの彼も好きだけど、彼がギターと触れ合っている姿そのものが好きなようで、自然と目を奪われてしまった。今はライブの時のような荒々しさはなくて、とにかく指遣いが柔らかい。悪い目つきがほんの少し優しくなる瞬間、それから愛おしそうに指板を撫でるその姿に、思わず胸がきゅんと締めつけられた。

それに、ピックを弾く時に見える手の甲に浮き出た血管も心臓によろしくなかった。

白く細い手にくっきりと浮き出たその血管は、彼の男らしさと繊細さを同時に示している気がして、妙に惹かれてしまう。男の子はどうして手や腕の血管がこんなにも浮き出るのだろう？　なんだか不思議だった。

「……弾いてみる？　って、これ俺のじゃないけど」

私が興味津々で見ていたからか、碧人が唐突に訊いてきた。

別に自分でギターを弾きたいと思ったことなどないので、私はふるふると首を横に振った。

「じゃあ、なんでずっと見てんだよ」

碧人は不思議そうに首を傾げた。

「え？　えっと……いつでもギター弾いてるんだなって思って」

私は咄嗟に誤魔化した。さすがにギターを弾いている姿とその指に見惚れていた、とは言えない。

それに、嘘を言ったつもりもなかった。碧人は家でもずっとギターを練習しているらしいので、本当に好きなんだなぁと感心させられてしまったのだ。少なくとも、私にはそこまで打ち込めるものも、好きなものもない。それが少し羨ましくもあった。

「まー……うちはギターが俺だけだからな。その俺がヘタクソだったら、バンドまでバカにされんだろ」

碧人はほんの少しだけ自嘲的な笑みを見せて、またギターを触り始めた。

どうしてだろう？　さっきまで優しい表情でギターを弾いていたのに、今はどこか翳《かげ》りがある。

「ところで、テスト明けにまたライブするけど、お前来る？」

碧人はギターをスタンドに立てて訊いた。

話題を変えられた気がしなくもない。もしかして、あまり触れられたくなかったのかな？

「うん。行こうと思ってるよ。今度はチケット代払うね」

「別にいいよ。またパス出すから」

碧人はスマホに何やらメモを取りながら、さも当たり前のようにそう言った。

ただ、その言葉に私はどうしても引っ掛かりを覚えてしまう。

「……どうして？」

気づけば、反射的にそう訊いていた。

前はいきなりだったので、招待してくれた理由もわかる。でも、今回は前もって訊いてくれているのだし、私にも自ら行く意思があった。それなのに、無料で招待してくれる理由がわからない。

聞くところによると、ライブハウスにはチケットノルマがあるそうだ。売らなければならないチケットの枚数が決まっていて、その枚数に達しなければバンド側が立て替えなければならないらしい。ライブをするのにもお金がかかるのだ。

「あ？　何が？」

「どうして招待してくれるの？　私がクラスメイトだから？」

「あー……もしかして、ノルマのこと気にしてる？　大丈夫、うち今ではそこそこ動員もあるからノルマとかはもう大丈夫だし、気にしなくても――」

「それもあるけどッ」

碧人の言葉を遮って、じっと見つめる。

彼が私を特別扱いしてくれるのは嬉しい。でも、その理由がわからなかった。クラスメイトだから？　私がハブられているから？　それとも、別の理由がある？

もしその理由がわかったなら、このモヤモヤもほんの少しは解消されるかもしれない。そう思っていたけれど――

「まー……勉強教わってる礼、みたいな感じ？」

碧人はほんの少しだけ考えて、そう答えた。

そう言われれば納得するしかないのだけれど、どこか誤魔化されたようで腑に落ちない。

なんだかもやもやしていると、美幸さんが私達のところまでお冷のお代わりを持ってきてくれて――

「それじゃあ、勉強場所を貸してあげてるお礼を貰いに行こうかしら？」

ちょっと大人っぽい笑みを浮かべて、碧人に向けて小首を傾げてみせる。

「……うっす」

年上の女性には逆らえないのか、碧人が少し困った顔をして頷いた。

その様子が少しおかしくて小さく笑っていると、美幸さんがこっそりとこちらに向けて、片目を瞑ってみせる。

なんだか、少しだけもやもやが和らいだ気がした。

## 2

碧人とのそんな日々は、それからテスト期間まで変わりなく続いた。学校では相変わらず無視され続けていることにも変わりはない。どうしても『あいつ、ぼっちじゃん』という視線を感じてしまって、全く惨めさがなかったかというと嘘になる。ただ、想像していたよりは困らなかった。

昼休みの話し相手は碧人がなってくれるし、たまに英会話の授業でペアを組まなければならない時は自然と隣の席の碧人が（嫌そうにしながらも）付き合ってくれた。体育でペアを組まされる時が一番苦痛だったけど、私みたいにぼっちの子とペアを組めばなんとか乗り越えられた。その子は私みたいに弾き出されたわけではなく、もともと口数が少なくて人とほとんど会話をしないタイプの子だった。選択的ぼっちというやつだろうか。少し変わっている子で、話し掛けてもほとんど反応してもらえず、これはこれで結構厳しい時間ではあった。それでも、誰も組む人がおらず余った子扱いをされずに済んだのは十分救いだ。

こうして私がなんとかギリギリの学校生活を送れているのは、きっと碧人が私の『新しい世界』になってくれていたからだろう。中間試験が終わった週末に彼のライブがあるというのも、知らず知らずのうちに私の心の支えとなっていた。

ほどなくして、中間試験を迎えることとなった。試験はもちろん何も問題なくクリアできて……というほど甘くはなかった。学校でのいざこざがあって、授業中はどうしても意識が散ってしまっていたのだろうか。あれ、これなんだっけ、と思うところがいくつもあった。碧人に教えた科目は問題なかったのだけれど、自分ひとりで勉強していた科目の出来は良くなかったのだ。

いつもと同じように勉強していたつもりだったのに、手応えは非常に悪い。それはきっと、周囲の環境に大きく影響されたのだと思う。どうしても周りからの視線は感じるし、山本さん達の聞こえよがしな陰口も耳に入ってきた。コソコソ話をしているクラスメイトが視界に入ると、自分のことを言われている気になってしまう。他のクラスや他学年の子が私を見ていると、それだけで変な噂を広められたのではないかと不安になった。実際に他のクラスや学年で私がどういう風に言われているのかはよくわからない。というより、そもそも情報の仕入れができなかった。クラスのLINEのグループからは知らない間に退出させられていたし、他に所属していたグループチャットも一切動かなくなっていた。きっと、私がいないグループを新たに作ったのだろう。山本さん達のSNSでも見ればもう少し情報を手に入れられそうだけれど、見たところで気分が悪くなるのは確実だ。それなら見ないほうがいい……そう割り切って全てを無視していたけれど、無意識のうちに私の集中力は奪われていたのかもしれない。明確な原因はわからない。そういったものが積み重なって、私の学習意欲は前よりも大きく下がっていたのは事実だった。

ただ、それも考えてみれば当たり前だったのかもしれない。私が勉強をしていたのは、進学や将来のためというよりも〝優等生〟としての自分の立ち位置を確立するためだった。でも、今はその地位を完全に失ってしまって、勉強ができる〝優等生〟でいる必要がなくなっていた。そんな状況では、モチベーションや集中力を保てるはずがない。というより、そもそも勉強を頑張っていた理由が不純だったのだ。今回の一件はそんな自分にも気づかされてしまって、自己嫌悪に拍車が掛かった。

『お前はどうしたいんだよ。どう生きたいんだよ』

碧人から投げ掛けられた質問が、再度脳裏をよぎる。

どうしたいのかなんて、わからない。学校になんてもう行きたくない。行っても辛いだけだ。でも、お母さんに心配を掛けるわけにはいかないし、碧人に会う口実も欲しい。だから、私には行かないという選択肢もなくて、無理をしてでも学校に行くしかなかった。

とにかく、そうした環境下での学校生活と中間試験を乗り越えて、ようやく週末が訪れた。〝カタカムナ〟のライブの日だ。今日のライブハウスは結構離れた場所にあるので、電車を乗り継いで行かなければならなかった。休日にお出掛けなんて、いつ以来だろう？　しかも、普段よりも少しお洒落をして、ちょっとだけ気合を入れた服も着て。家を出る前にお母さんから「デートでもするの？」と訊かれたけれど、「友達と遊びに行くだけ」と適当な嘘を言った。

さすがにライブハウスに行くとは言えない。きっと、それはそれで心配を掛けてしまうだろうし。それに今、碧人との仲をお母さんにとやかく言われたら、色々耐えられなくなりそうだ。

……友達、か。誰のことだろう？　私、本当の友達なんていないのにね。

咄嗟に出した言い訳を思い出し、思わず自嘲的な笑みを浮かべてしまう。

学校で話したり放課後を過ごしたりする友達はいたけれど、休日に遊ぶ友達はいなかった。ましてや、今はクラスでも無視をされている状況だ。言い訳としてもあまりに自虐が過ぎる。

碧人は……私にとって、なんなんだろう？

そんなことをぼんやりと考えながら、〝カタカムナ〟のSNSを眺めて移動時間を過ごした。基本的に碧人はSNSをやっていないらしく、SNS担当は宗太さんだ。碧人の隠し撮り動画が結構投稿されていて、そこに女性ファンらが歓喜のコメントを送っていた。

人気あるよね、やっぱり。

碧人を賞賛するコメントを見ているうちに、どんどん胸のうちにモヤモヤが積もっていく。高校生なのに色気があって、かっこよくて、ギターも上手くて、それでいて自分をしっかりと持っているのだ。誰にとっても魅力的に映るだろう。それがわかっているのに、何故か私はファンの子達と一緒の気持ちにはなれなかった。

それはきっと、ほぼ毎日顔を合わせているはずなのに、動画の中で隠し撮りに怒る彼が、どこか遠い存在に思えたからかもしれない。

一時間ほど電車に乗って、ようやくライブハウスに着いた。

どうしようかな……？

私は時計を見て、ふと立ち止まる。一応もう開演はしているけれど、〝カタカムナ〟の出番はもう少し後だ。美幸さんも来ると言っていたし、待ったほうがいいだろうか？　それとも今のうちに差し入れでも買いに行こうかな？　そんなことを考えていると——

「深春ちゃん？」

背後から、突然声を掛けられた。

驚いて振り返ると、そこには宗太さんが立っていた。手にはコンビニ袋をぶら下げており、ペットボトルやエナジードリンクの缶が入っている。

「あ、宗太さん。こんにちは」

「やっぱり深春ちゃんだったー！　こんにちは。制服姿もいいけど、私服も可愛いね」

「え？　あ、ありがとうございます」

宗太さんが屈託のない笑顔で褒めてくれるので、頬が少し火照ってしまった。

自然にさらっと褒めてくるものだから、嫌な感じも値踏みされている感じも一切ない。なんというか、女の人が気持ち良くなる褒め方を熟知している、という感じだ。さすがはバンドマンといったところだろうか。同じバンドマンでも、きっと碧人はこんな褒め方してくれないだろうけども。

「今日も来てくれてありがと！　楽しんでいってね！」

「いえ……その、今日も招待して頂いている身なので。ちょっと申し訳ない気持ちです」

宗太さんの眩しい笑顔を直視できず、私は苦い笑みを浮かべて一歩たじろいだ。ゲストパスを出してもらっている身なので、ちょっと悪い気がしてしまう。私が来たところで、バンドにとっては一銭の得にもならないし。

ゲストパスとは、本来は同じ音楽仲間とか、関係者に発行されるものなのだと思う。そんな貴重なものを私なんかに出してもいいのか、不安になってしまうのだ。

「あ、もしかしてゲストで入るのちょっと気兼ねしてる？　いいよ、気にしなくて。僕も仲のいい友達とかにパス出してるしね」

「そうなんですか？」

「そうそう。あ、これは内緒だけど、輝明もカノジョが来る時はパス出してるよ」

宗太さんは周囲にお客さんがいないことを確かめると、声を潜めて私にそう耳打ちした。

そっか、私だけじゃないんだ。

他のメンバーさんの友達や恋人も招待されていると思うと安心するし、少し嬉しい気持ちになる。碧人にとって、私も少しは特別な人間だと認識されているのだろうか。

「ま、そういうわけだから、遠慮しないで楽しんで！　僕らが有名になった時、自慢していいから」

「はい、その時は是非。宗太さんは買い出しですか？」

私は宗太さんの手元のコンビニ袋を見て訊いた。ひとり分にしてはやけに量が多い。

「そーそー、みんなにパシられてんの。僕ボーカルなのに、酷くない？」

宗太さんがよよよと泣く仕草をして言った。この人のお調子者な雰囲気はそれだけで緊張を和らげてくれるから不思議だ。自然体だからか、わざとらしさがなくて決して悪い感じがしない。女性人気が高いのもよくわかる。

だからこそ、いきなり懐に入ってくるどころかいつの間にか懐の中にいそうな恐怖感があるのだけれど。

「まあ、ボーカルは暇だから別にいいんだけどね。ところで、もう入る？」

「いえ、場所だけ確認して、今から差し入れでも買いに行こうかと」

「あー、そんな気は遣わなくていいよ！　どうせ他のお客さんからたんまり貰うからさ。メンバーでの分配にいつも困ってるんだ」

「そうなんですか？　買う前に確認して良かったです」

危ない危ない、余計に荷物を増やしてしまうところだった。

そういえば、前回のライブで碧人も帰りに差し入れがどうの、と話していたのをふと思い出した。必ずしも自分の好きなものを貰えるわけではないので、困るケースもあるそうだ。

「それなら、もう入っちゃおうかな……」

「うん、それがいいよ。今日の対バン、結構いいバンド多いから見応えもあるしさ」

宗太さんは爽やかな笑みを浮かべてさらっと「まあ、僕らが一番かっこいいんだけどね」とつけ加えると、ライブハウスへの階段を下っていった。

僕らが一番かっこいい、か……。

宗太さんの言葉から感じ取れる絶対的な自信。それが今の私には羨ましかった。

私には自分に自信が持てるものなど何もないし――強いていうなら〝優等生〟としての立ち振る舞いだった――自分が一番などと思えるものももちろんない。生まれてこの方、その類の自信は一度も持ったことがなかった。碧人もきっと、自分に自信があるからこそあれほど学校でもステージでも強く立ち振る舞えるのだろう。

いいなぁ。

宗太さんも碧人も輝いている。そして、これからステージの上でもっと強く輝く。

私にも輝けるものがあればいいのに。

「あ、そうそう。あの教科書、大丈夫だった？」

階段を下りながら、宗太さんがふと思い出したようにこちらを振り返って訊いてきた。

「教科書？」

「あれ、世界史の教科書失くしたのって深春ちゃんじゃなかったの？　失くした奴がいるから捨ててなかったら譲ってくれって碧人から頼まれたんだけど」

「えっ」

その言葉で、はっとする。そういえば、碧人は以前『教科書なら貰えるアテがある』と言っていた。おそらくそれは、宗太さんのことだったのだ。

もしかすると、碧人は公園で私を見た時から、あの教科書の状態に気づいていたのかもしれない。それで私が落ち込んでいたから、声を掛けざるを得なかった、とか？

ほんと、ずるいよね……。

私は金髪のクラスメイトを思い浮かべて、内心で罵《ののし》る。

どうしてあんなに目つきが悪くてクズ臭を漂わせているくせに、実は紳士的で優しいのだろうか。本当に納得ができない。こうして胸がドキドキと高鳴ってしまうのも認めたくなかった。

「あっ……はい。それ、私です。ありがとうございます、凄く助かりました」

ほとんど何も書かれていなかった碧人の教科書をそのまま使わせてもらっているので、宗太さんの教科書の状態はわからない。ただ、私のために譲ってもらったであろうことは間違いなさそうなので、しっかりとお礼を伝えておく。

「そっかー！　僕の血と汗と涙やら色んな液体が滲んだものを深春ちゃんが使ってると思うと、なんだか昂《たかぶ》るね！」

「すみません、帰ったら捨てます」

使っているのは碧人なのだけれど、なんだかゾッとして反射的にそう答えてしまった。だって、気持ち悪いし。

「嘘だから、そんなドン引いた顔しないでよ！　大丈夫大丈夫、結構色々書き込んじゃってはいるけど、何も滲んでないから。まあ、受験で使ってたから、なんとなく捨て難かっただけなんだけどね」

宗太さんは相変わらず屈託のない笑みを浮かべて、「じゃあ、また後で」と関係者口のほうへと消えていった。

間接的にではあるけれど、どうやら宗太さんにも助けられているらしい。

……なんだか私、貰ってばっかりだ。

何も返せない自分を情けなく思いながら、私はライブハウスの受付へと向かった。

数週間ぶりに観る〝カタカムナ〟のライブは、やはり圧巻だ。爆音と低音に身体の芯を揺らされて、ちょっと怖いとさえ思ってしまうほどだった。

ライブそのものは、以前よりも楽しめたと思う。というのも、以前は何の前知識もない状態でいきなりライブを観せられたので、ただただ初めての爆音とバンドのステージに圧倒されるしかなかった。でも、今回はサブスク配信で事前に曲をしっかり予習してきている。学校の休み時間や通学時も〝カタカムナ〟を聴いていたので、配信されている曲であればすぐにどの曲かわかって、以前とは別の楽しみ方ができた。

他のバンドの演奏を観ていて思ったのは、この『曲を知っているかどうか』というのはライブの満足度を大きく左右する、ということだった。知らないバンドの知らない曲を延々と聴いていてもあまり楽しくないけれど——よっぽど曲が好みとかであれば別だ——知っている曲だとそれだけでライブが楽しくなる。きっとこれが本来の『ライブ』の楽しみ方なのだろう。もちろんまだ音源化していない曲もあったのだけれど、それはそれで『未発表曲だ』と楽しめたし、知っている曲がくると『あの曲だ』と嬉しくなる。

私はコアなファンの人達みたいに最前列に行くということはできないし、してはいけない立場でもあると思っているので、最後尾で大人しく観ているだけだった。ただ、私みたいな初心者にはそれでも十分に楽しめる。そして、楽しかったと同時に、どうしようもない寂しさにも襲われた。

ステージ上にいる碧人は、私が見たかった碧人だ。キラキラと輝いていて、自信満々で、不遜に笑っていて、学校のみんなが知らない碧人。私が一気に惹き込まれてしまった碧人がそこにいた。それを見ているだけでワクワクするし、楽しい気持ちになってしまう。八重歯を見せて彼が笑うと、それだけで最前列の女性客達が黄色い歓声を上げる。金髪を振り乱し、汗を散らして演奏するその姿にどこか神々しさを感じ、無意識のうちにステージ上の彼に手を伸ばしてしまった。

自分と同じ世界に住んでいるとは思えなくて、普段昼休みや放課後に一緒に過ごしているのが信じられないほどに遠い存在。ずっとそこで輝いていてほしいと思う気持ちと、私を置いてどこかに行かないでほしいという気持ちが同居していて、泣きたくなってしまう。何者でもない私と、すでに何者かである碧人の間にある溝があまりにも大きく感じてしまった。それなのに碧人はステージ上から私と目を合わせると、私に八重歯をニッと見せて、右手に持つピックで私のほうを差す。それから、ギターを持ったままくるりと踊るようにしてその場で回転してみせるのだ。

ああ、もう……だから、やめてよ。

無意識のうちに笑顔を浮かべてしまう。ライブハウスの爆音と振動で誤魔化せていたはずの胸の鼓動を、嫌でも自覚してしまった。それがただライブを観て嬉しい、楽しいだけの気持ちでないことも。これ以上この気持ちが大きくなってしまえば、一緒にいられなくなってしまうのではないか。もう昼休みや放課後も一緒に過ごしてくれなくなるのではないか。ようやく手に入れた安心できる場所が失われてしまうのではないか。

そんな不安が、心の中で抑えつけていた感情をどんどん膨らませていく。そう考えると、頭が変になりそうだった。

ライブは〝カタカムナ〟の代表曲『帰蝶《きちょう》』で終わった。いつもライブで一番盛り上がる曲で、未配信曲にもかかわらず、ファンはみんな知っている。近々配信されるEPのリード曲で、ゴールデンウイークにMVを撮ったそうだ。近日中にYouTubeで公開されるらしい。〝カタカムナ〟の中で一番好きな曲で、早く配信されないかと私も心待ちにしている。

この楽曲は織田信長に嫁いだとされる濃姫《のうひめ》の本名と言われている帰蝶に由来しており、歌詞が女性目線なのが特徴的だ。英雄となるために覇道を進む夫の無事を祈っているというような健気で切ない歌詞で、宗太さんの甘い歌声とビブラートがよりその切なさに拍車を掛ける。

私がこの曲が好きな理由は、夫の無事を願い帰りを待つ帰蝶の心理が妙に私とシンクロしてしまうからかもしれない。こうして成功へと邁進する碧人の活躍を隅っこで見守り、応援することしかできない自分と重ねているのだ。いや、そもそも私は彼の恋人ではないし、友達であるかさえも怪しいので、応援する資格もないのかもしれないけども。

自分に何もないことがここ最近如実にわかってしまっているが故に、ステージとフロアに大きな溝があると思ってしまう。そんな私の気持ちを『帰蝶』は表現してくれていた。

ダメだな、私……。

こんな気持ちになるなら来なければ良かったと思う反面、ステージの彼を見ていたいという気持ちもある。自分がどうしたいのか、やっぱり私にはわからないらしい。

ステージで見る碧人といつもの碧人、私はどっちを見ていたいのだろう？

眩しい彼を見上げながら、いっそう自分の翳りが深まった気がした。

＊

「そーいやお前、昨日なんで先に帰ったの？」

翌日の放課後のことだった。テストが終わったにもかかわらず、なんとなしに碧人と一緒に〝クローネ〟に向かっていると、彼がそう尋ねてきた。

「えっ？　なんでって訊かれても……」

答えに窮《きゅう》し、私は視線を地面に落とした。どう答えていいのかわからなかったのだ。

昨日はライブが終わってからも、楽屋やバックステージには行かなかった。ゲストパスを貰っていたので中には入れたはずなのだけれども、なんだか入る勇気が持てなかったのだ。

それは、私のいる場所と碧人がいるステージにあまりにも距離を感じてしまったからだろう。あんな輝かしい場所にいる人に、自信の欠片もない私がなんと声を掛ければいいのかわからなかった。

もちろん、今日の前にいる碧人とは普通に話せる。でも、昨日は話せなかった。それはきっと、私の日常にいる同級生としての碧人と、ライブハウスで会うバンドマンとしての碧人を同一視できていないからかもしれない。頭では同一人物だとわかっているのに、別人として見てしまっている自分がいる。

昨日はそんな感じで自分の感情が整理できないままバーカウンターの隅っこでひとり過ごしていると、同じくライブを観に来ていた〝クローネ〟の美幸さんが声を掛けてくれた。そこからは彼女と一緒に過ごしていた。

その時に知ったことなのだけれど、なんと……美幸さんは、〝カタカムナ〟のベース・輝明さんの恋人なのだそうだ。知ったというか、なんとなしに美幸さんと碧人達がどういう関係なのか気になって訊いてみたら、

『実は、輝明と付き合ってるの。内緒よ？』

と返ってきたので、ドリンクが気管に入りそうになって咽《む》せてしまった。ただ、そういう関係ならば、美幸さんが碧人の要望――正確にいうと、輝明さんを通してだけど――に応えてくれるのもわかる。美幸さんにとって、〝カタカムナ〟は身内に等しいのだ。

お店以外で美幸さんと喋るのは初めてだったけれど、意外にも話は弾んだ。お店だと私達が勉強していたので、敢えて話し掛けないようにしていたらしい。

美幸さんと話すのは、とても新鮮だった。歳が離れているということもあってか、クラスの子達と話すのとは全然違う。なんというか、私自身、会話をするにも余裕を持てた。美幸さんは私にとって十歳くらい年上のお姉さんではあるのだけれど、学校の先輩や先生のような、身近だけど上下関係のある存在でもない。あくまでも一定の距離感のある他人、でもバンドという共通点もあって親しみを込めて話してくれていた。

同級生だと変にお互い気遣い、探り合わなければならないのだけれど、そういった面倒さが一切なかった。気は遣わなければならないけれど、とても話しやすい。それはたぶん、全く別の生活圏で普段は過ごしているからだと思えた。

なんとなく以前碧人が言っていた『お客さん同士でコミュニティを作ってライブに来てそれぞれが楽しんでいる』という感覚がわかった気がする。学校でも職場でもないからこそ築ける人間関係というのが、きっとここにはあるのだ。

それから他愛ない話をしていると、美幸さんが輝明さんから『今日はみんなで打ち上げに出ると思う』という連絡を受け、先に帰ると言ったので、私もその流れで帰った。昨日はお客さんも多く、碧人もお客さん対応で忙しそうだったので、結局一言も話さずじまいだったのだ。

「碧人達、打ち上げとか出るって話だったでしょ？　だから、先に美幸さんと帰ったんだけど」

「いや、お前いたら帰るつもりだったんだよ。まあ、いなかったから結局そのまま打ち上げ出たんだけどさ」

碧人はぶっきらぼうな口調でそう答えると、ギターを背負いなおした。

昨日ライブをしたばかりだというのに、もう今日は反省も込めてスタジオに入るらしい。碧人を含め、〝カタカムナ〟のメンバーは本当に音楽が好きなんだな、と思わされた。

それに対して、私は好きでもない、なんならあんまりやる気のない勉強のために、クローネに向かっている。ここにも彼との明確な差を感じた。

「俺のこと、何か話した？　美幸さんと」

碧人が予想外なことを訊いてきた。

私が何を話していても気にしなそうなのに、美幸さんと何を話していたかが気になるらしい。悪口でも言われていると思ったのだろうか？

「んー……別に、碧人のことは特に何も話してなかったと思うけど」

私は会話の内容を思い出しながら、答えた。

そこで、ふと碧人が気になりそうな会話に思い至る。たぶん、私との関係をどう答えたのか気になったのだ。

「あっ。碧人との関係を訊かれたから、クラスメイトって答えておいたよ？　碧人のことはそれくらいかな」

ライブハウスから帰っている際に美幸さんから訊かれたのが『碧人くんと付き合ってるの』だった。慌てて否定したのは言うまでもない。

「……そうかよ」

碧人は一瞬だけこちらを流し目で見ると、また視線を正面へと戻した。

美幸さんとはそれほど込み入った話はしていない。というか、できなかった。

いくら相手が大人で話しやすいと言っても、まだまだ関係性は浅いので、そうそう突っ込んだ話などできない。本当は、恋人のライブを観に行くってどんな感覚なのかとか、どんな気持ちで輝明さんを見ているのかとか、色々訊きたいこともあったのだけれど……さすがに今の関係性でそこまで突っ込む度胸はなかった。ただ、またじっくり話がしたいなとも思えた。

碧人はそれ以降何も訊いてこなかった。私は時折そんな碧人を盗み見つつ、隣を歩く。それから無言の時間が続いた。どうしてか、今日の無言は妙に居心地が悪い。テスト勉強をしていた時も、学校の屋上でもこれまで無言の時間はあった。それなのに、今日は何かが違う。

それは碧人も同じだったのだろう。抜け道のための細い裏路地に入ったところで彼は足を止めると、ちらりと横目で私を見た。

そこで、目が合う。切れ長の目がじっと私を見ていて、それから呆れたように目を逸らしたかと思うと、小さく溜め息を吐いた。

「お前さ……なんで俺と一緒にいんの？」

「え……？」

質問の意図がわからず、私は首を傾げた。

というか、今更それを訊くの？　学校を出る時も何も言わなかったのに。

確かに、もう中間試験も終わったし、碧人の勉強を教える必要がないので、〝クローネ〟に行く理由もない。でも、学校帰りにいつも通り彼の横について歩いていたら、自然と〝クローネ〟を目指していた。もし、彼が家に帰るというならば、私も素直に自宅に帰っていたと思う。

ただ、今の碧人の声色からは少し苛立ちを感じた。もしかしたら言い難《にく》かっただけで、本当は嫌だったのだろうか？

そっか。まあ……嫌、だよね。

冷静に考えてみれば、迷惑だったのかもしれない。学校帰りに毎日ただのクラスメイトに付きまとわれていたら、うっとうしいだろう。今日はスタジオもあるみたいだし、本当はひとりでいたかったのかもしれない。

もしかして、嫌われた、かな……？

それに気づいた途端、私の心の中に不安が膨らんでくる。

ぶっきらぼうで口も目つきも悪いけども、碧人はこれまで何か決定的な不満というものを口にしたことがなかった。その彼が今、不満を顕わにしている。

完全に、私が空気を読み損なった。本当は私なんかと一緒にいたくなかったのだ。

「ご、ごめん……迷惑、だよね。今日は帰るね」

これ以上不快にさせてはならない、と踵《きびす》を返した。

今、碧人から嫌われたらどう毎日を過ごせばいいかわからない。陰口を言われたりぼっち扱いされたりすることよりも、碧人から嫌われるほうが怖かった。

「そうじゃねえだろ……」

碧人はもう一度大きな溜め息を吐くと、苛々《いらいら》した様子で私の腕を掴んだ。

思わず、「えっ!?」と吃驚の声が漏れる。

力が強くて、思わず恐怖に身体を強張らせてしまった。軽く握っている感じなので、振りほどけないほどではない。でも、ただ軽く握るだけで、私の腕の自由はほぼなくなってしまった。男の子の力って、こんなにも強かったんだ。

碧人の手は女性みたいに細くて白いのに、男性らしくゴツゴツとしていた。指先はギターの弦のせいか、不自然に硬い。その硬い指先が、私の腕にぐっと食い込んでいる。

「あ、碧人……？　痛いよ、ねえ」

おそるおそる、碧人を見上げる。

彼はいつも通りの鋭い目つきで私を見つめるだけだった。ただ、その瞳の奥にうっすらと苛立ちのような感情が見え隠れしている。

怖い。これまで怖い口調で話されたり睨まれたりしても、彼に恐怖を感じたことなどなかった。口調や風貌とは裏腹に、彼の行動にはどこか優しさがいつもあって、危害を加えるところなど想像できなかったからだ。

このまま抵抗しなければ、何をされるかわからない……そんな恐怖が、私の中で大きく膨らんでいた。

でも、私は——どうしてか、身動きをしなかった。

怖くて動けなかった、というのとは少し違う。腕を握る力は振りほどこうと思えば振りほどけるほどの強さだったし、もう片方の手は自由だった。当然、暴れたりひっぱたいたり物を投げたりもできたはずだ。

それに、徐々に冷静さも取り戻していた。なんの前触れもなかったせいで最初こそこの展開に焦ってしまっていたけれど、今では状況も理解できている。

こんな状況になって、初めて私は自分の本心に気づいた。

ああ、そっか……もしかして私、心のどこかでこうなることを覚悟していたのかもしれない。彼がいつか一歩踏み込んでくるかもしれないって。

自覚はなかった。ただ、どこかでそんな可能性を感じていたからこそ、私は彼と一緒に過ごし続けていたんだと思う。

私だってもう高校二年生だし、そういった知識がないわけではない。お母さんから男には気をつけろと中学時代から口を酸っぱくして言われていた。男の子から強く迫られたり、抑えつけられたりする可能性も、全く予想できないわけでもなかった。でも、私は毎日碧人と過ごしていた。テストが終わって、もう一緒に過ごす用事も理由もないはずなのに、当たり前のように彼の後ろについてきていたのだ。まるで、どこかのタイミングで、彼との関係が変わることを待っていたかのように。

私が逃げないことを見越したのか、碧人は少しだけ自分のほうに私の腕を引っ張った。そのまま引力に引かれるようにして、私の身体は彼のほうへと引き寄せられる。

気づいた時には、碧人の整った顔が目の前にあった。碧人はじっとその切れ長の目で私を見てから……そっと、目を閉じた。

そして次の瞬間、服の擦れる音がしたかと思うと、ふわりと彼の香水の香りが私の鼻腔を満たした。いつもはうっすらと香る程度の、気品がありつつ色っぽい彼の匂い。私の胸を高鳴らせるあの香りが、いつもよりも近くから香っていた。

碧人の顔が少しずつ私へと近づいてきて、私はそんな彼を受け入れるかのように、目を閉じた。そして、彼の吐息が私の唇に触れるくらいまで顔が近づいてきたかと思ったら――

「痛《いた》っ！」

私のおでこに、衝撃と痛みが同時に迸《ほとばし》る。

何が起こったのか、わからなかった。慌てて目を開くと、そこには指を弾いたであろう碧人の手があった。続いて視界に入ったのは、不機嫌そうだけれど、それでいてどこか恥ずかしそうな碧人の顔。

「……こういうことになるんだよ、ばーか」

呆れたように言うと、碧人は私から手を離して顔を背けた。それ以上に何かしてくる気配はなさそうだ。きょとんとしたまま固まっていると、彼はバツの悪そうな顔のままこちらをちらりと見た。

「つーか……ビビらせるだけのつもりだったのに。なんで避けるなり逃げるなりしねーんだよ。バカかよ」

ひっぱたかれるくらいの覚悟はしてたのに、と彼は大きく溜め息を吐く。その表情からは、どこか後悔さえも感じた。

そんな碧人を見て、やっぱり、と私は納得した。最初から彼には私をどうこうする意思などなかったのだ。その本心を知って、私も小さく安堵の息を吐く。

碧人は私の思った通りの人に違いなかった。不器用で、ぶっきらぼうで、でも優しい人。クズ男にしか見えないのに、私が嫌がることはしない。

そんな彼を見たからか、私は気づけばこう言っていた。

「嫌じゃ、なかったから」

「は……？」

全く予期していなかった言葉だったのだろう。碧人はまるで狐につままれたように、呆気に取られた顔をしていた。

「嫌じゃなかったから……逃げなかったんだよ」

呆然としている碧人に、私はもう一度同じ言葉を重ねた。

そこで漸《ようや》く私の言葉の意味を理解したのか、彼は大きく息を吐き、その切れ長な目で私を睨みつける。

「お前さ……案外ずるいのな」

「え？」

「ほら、行くぞ」

碧人は言うと、背中を向けたまま私を促すように手を軽くひらひらとさせた。

一瞬どうすればいいのか迷ったけれど、碧人の背中を追うようにして、私も歩き出す。

彼の歩幅は少し大きい。私は足を急がせながらも、いつの間にかその背中に視線が吸い寄せられていた。強引なのに、何故か不思議と安心感がある。彼の後ろを歩くこの状況が、まるで自然なことのように思えてしまう自分に気づいて、胸がじわりと熱くなった。

碧人は振り返りもせず、一定のペースで歩き続けている。その横顔から感情を読み取ることはできないけれど、私の胸には確かに、彼の存在が近くにあることを感じられるあたたかさが広がっていた。

どうしてだろう？　学校のことも、お母さんのことも、碧人との間にあると思っていた大きな溝のことも……私を悩ませていた問題など最初から存在しなかったかのように、身を潜めてしまった。

……この気持ち、なんだっけ？

胸の中を支配する、このあたたかな感情。知っているはずなのだけれど、私が知っているそれとは別物の感情のような気もする。

暫く考えているうちに、ようやくその気持ちに思い当たった。

ああ、そっか。私……今、〝嬉しい〟んだ。

さっきまでの不安が、嘘みたいに消えていた。拒絶されるかもしれないと思ったのに、そうじゃなくて。迷惑だ、もうついて来るなって言われるわけでもなくて。私はここにいてもいいんだって。そう思えたことが、ただ嬉しかった。

自分の中だけで収まらない〝嬉しさ〟がどんどん溢れてきて、それが私の中で爆発してしまわないように、胸の中にしっかりとしまい込む。

また、私の『世界』が広がった。

# 四章

# 壊れ始めた世界

# 1

ライブから数日後。気づけば六月になり、衣替えの季節を迎えていた。

そんなある日、〝カタカムナ〟初のMV『帰蝶』がYouTube上で公開された。私達が出会う前の、ゴールデンウイークに撮ったと言われていたあれだ。このMVの公開後、〝カタカムナ〟の知名度は飛躍的に上がった。

宗太さんがTikTokでそこそこのフォロワー数を稼いでいたことで、TikTokでバズってYouTubeに視聴者が流入したのだという。前回のライブで新たにファンが増えたことでも拍車が掛かったのだろう。

また、その中でも碧人が高校生ギタリストであるということが大きな話題を呼んでいた。高校生なのに上手い、イケメン、色気がある、八重歯がエロい、フェロモンやばい等々、コメント欄には碧人を賞賛するものが多かった。これには宗太さんが『なんでボーカルの僕よりも碧人のほうが目立ってるのさ！』と不満を顕わにしていたが、それはそれで宗太さんらしくて、なんだか微笑ましかった。

「……おい、学校でそれ観んなよ」

昼休み——いつものように屋上前の踊り場で過ごしていると、碧人が私のほうを見て不機嫌そうな顔をして言った。

「え？　なんで？」

私の手元のスマホでは、白ホリゾントのスタジオでくるくるとギターを持って舞う碧人が映っていた。お昼ご飯も食べ終えたし、暇だったので彼らのMVを観ていたのだ。

公開されてから、何度このMVを観たかわからない。きっと私ひとりで五十回くら
いは再生数のカウンターを回しているに違いない。

「隣に本人がいんだよ。俺がいないところで観ろ。恥ずかしいだろ」

「碧人が学校サボった日の教室とかならいい？」

「絶対やめろ。っていうかやめて下さい」

珍しく敬語を使ってお願いしてきた。本当に嫌なようだ。

私が渋々動画を閉じると、碧人も視線を自らのスマホに落とした。

それから暫く無言で過ごしていると、碧人がスマホをいじりながら唐突に「あっ」

と声を上げた。

「……？　どうしたの？」

「そういや来月、ちょい大きめのライブ決まったんだったわ」

言うの忘れてた、と碧人はスマホを指でスワイプしながら言った。

大して興味もなさそうに、宗太さんのTikTokを観ているらしい。おそらく盗
撮された動画を上げられていないかのチェックをしているのだろう。時折油断してい

る瞬間を切り取られて上げられている時があるそうだ。宗太さんは宗太さんで、碧人を使うと再生数が伸びやすいからもっと出てほしいとこの前ライブハウスで文句を言っていた。

「大きめ？　どう大きいの？」

「インテクトレコード主催のイベントで、ハコは渋谷ＤＩＯ。対バンで〝レイスト〟もいる」

「えっ、ＤＩＯで〝レイスト〟と対バン⁉　すごっ！」

碧人の思わぬ報告に、私は顔を輝かせた。彼と話すようになってから、私もある程度インディーズバンド界隈の情報について詳しくなっている。当然、このライブの重みと重要性もよく理解していた。インテクトレコードはインディーズロックの音楽レーベルで、所属バンドに〝レイスト〟――正式名称は〝レイドストーム〟――をはじめ、有名なバンドをいくつか抱えている。ここに所属すれば成功が約束される、と言われているほどの、今ノリに乗っている音楽レーベルだ。ちなみに、〝レイスト〟の曲は私も最近よく聴いている。渋谷ＤＩＯは確かキャパシティが五百人くらいの大きなライブハウスで、メジャー規模のバンドもライブをしている。〝カタカムナ〟にとってはこれまでで最も大きなライブハウスだ。

「この前のライブでレーベルの人が偶然居合わせたらしくてさ、急遽枠空いたから来月出てくれって。観に来る？」

口調や表情は普段と変わらないけど、碧人が普段よりも高揚しているのはなんとなくわかった。それも仕方ない。インテクトレコード開催のイベントとなれば動員数もかなり見込めるだろうし、ここでバンドとしての実力をしっかりと見せつけられたならば、新しい未来も見えてくるはずだ。学生バンドの〝カタカムナ〟にとっては大きな勝負となるイベントに違いない。

「うん、行く行く！」

「なんで俺より嬉しそうなんだよ」

「え、そりゃ嬉しいよ。だって〝レイスト〟と対バンなんでしょ？」

「……〝レイスト〟目当てかよ」

碧人は舌打ちすると、私を横目で睨んだ。

あ、もしかして、ちょっとヤキモチ妬《や》いた？

「そうじゃないってば」

言いながら、私は碧人の隣に並んで座った。

「〝レイスト〟と対バンする〝カタカムナ〟が目当てだよ」

「なんだそれ。俺らはいつもと何も変わらないだろ」

「変わるよ。節目っていうか、チャンスっていうか……歴史を目の当たりにする、的な？」

「いちいち大袈裟なんだよ、深春は」

照れくさそうに、でも柔らかく笑って、碧人は小さく息を吐いた。

私はふと、彼の存在を感じながら目を閉じる。隣にいる彼の気配や、静かな呼吸音が不思議と心を落ち着かせてくれる。こうして彼と一緒に過ごす時間が、今の私にとって最大の癒やしだ。

「大袈裟じゃないよ。きっとファンは、そうやって大きくなっていくバンドを応援したいんじゃないかな？」

私がそう伝えると、そこで碧人の表情がほんの少し強張った。そして、彼はこう私に尋ねた。

「……お前は俺らのファンなの？」

「えっ？」

唐突な質問に、私も思わず言葉に詰まる。その質問に対して、どう答えればいいのかわからなかった。

「どうなんだろう……？　でも、ギターを弾いてる碧人はかっこいいと思うし、応援もしてるよ？」

私は少し悩んでから、そう答えた。

嘘は言っていないし、実際に応援もしている。楽曲だって好きだし、碧人のギターだけじゃなくて輝明さんのベースラインに泰弘さんのドラムフレーズ、それに宗太さんの歌声も好きだ。

「また反応に困る言い方しやがって」

「褒めてるのに」

「どっちかってーと貶《けな》してんだろ、それ」

碧人は不貞腐れたように言って、スマホをいじり始めた。

彼の横顔を眺めつつも、私の思考は別の方向へと向かっていく。

私……ファンなのかな？

言われてみればそうだ。私はどういった立場で碧人達を応援しているのだろう？

美幸さんは、恋人として輝明さんを応援している。じゃあ、私は？　クラスメイトや友達として応援してるの？

そう自問してみて、すぐさま『そんなわけない』と否定する。

確かに楽曲はよく聴いているし、知らない間にどの曲も好きになっている。今となっては私が一番好きなバンドであることには違いない。でも、だからといって純粋なファンなのかと問われれば、それも違うと言い切れた。他のファンの人達みたいにお金を払ってライブに行っているわけではないし、バンドマンとしてではなく同級生としての碧人と接する時間のほうが圧倒的に長い。

一方で、夢を追っている碧人を応援したいという気持ちも本物だった。

私には夢という夢がない。夢どころか、高校卒業後の未来だって見えていなかった。なんとなく大学には行ったほうがいいんだろうな、くらいの解像度でしか人生を考えられていない。

そんな私からすれば、自分のやりたいことがはっきりとわかっている碧人が羨ましかったし、眩しかった。

それで純粋にただ夢を応援できていれば、きっと私はただのファンなのだと思う。でも、私はただのファンではない。何故なら……碧人の夢を応援しつつも、本当に成功してしまった時のことを考えると、怖くなってしまうからだ。

今はこうして、高校の同級生で、彼にとってもちょっとだけ近い人間になれているから、こうして隣にいることができる。だけど、もし成功して売れてしまったなら……私にこの場所にいる資格はあるの？　夢も何もない、ただ彼の横にいるだけで満足している私に、隣にいる資格はある？

それを考えると、怖くなる。もっと綺麗で向上心がある人が彼の隣にいるべきではないだろうか？　少なくとも私よりも相応しい人はたくさんいるのではないだろうか？　そんな考えが、見え隠れしてしまうのだ。

私はその見えかかった結論から必死に目を背けて、ここに居座っていた。彼がここにいることを許してくれているから、ただここにいる。

私は、いつまでここにいていいんだろう？

碧人との距離が近くなればなるほど、漠然とした不安が襲い掛かってくる。ただ、きっと私はなんとなくこの先の流れを予感していたのかもしれない。

こうした安息が、いつまでも続かないことを。

2

終礼前の休み時間、いつも通り離れた棟のトイレを使用して出ようと思った時だった。鏡の前で話しているであろう女子数人の言葉に、内鍵に伸ばした私の手がぴたっと止まる。

「ねえ、やっぱマジっぽいよ？　外瀬さんと三上くんが付き合ってるって話」

唐突に出された私と碧人の名前。その声色、そして内容からも好意的な話でないのは明らかだった。そもそも女子トイレの井戸端会議で固有名詞が出されていい話だったためしがない。自分が裏で色々言われているのはわかっていたけれど、内容までは知らなかった。

トイレの個室の中に入ってしまっているので、出るに出られない。私はそのまま彼女達の会話を聞くしかなかった。

「えー、そうなの？　確かに、なんか一緒にいるところはよく見掛けるけど」

「マジマジ。美香子がさー、見ちゃったのよ。校内でイチャつくふたりを！」

三人くらいで話しているのだろうか。そのうちのひとりが、耳より情報とでも言わんばかりに大袈裟に言った。

そこでいきなり出てきた『校内でイチャつく』という言葉に私は思わずびくっと身

体を強張らせる。当然、他のふたりは「え、ナニナニ!?　何その面白そうな話！」とその情報に食いついていた。そこから続けられた言葉は、想像し得る中でも最悪のものだった。

「なんかね、昼休みに屋上階段のほうから話し声が聞こえてきたからこっそり覗いてみたら、三上くんが外瀬さんとくっついてたんだって！」

最悪だ……まさか見られていたとは思わなかった。誰か階段を上ってくればすぐに気づくだろうと思っていたけれど、こっそり忍び寄られていたのなら気づかなかったとしても無理はない。そのリークによって、女子トイレは更なる盛り上がりを見せた。

「やっば！　なにそれ!?　マジなの!?」

「マジ。なんか外瀬さんが猫みたいに三上くんに身体すり寄せて甘えてたらしいよ。前もふたりで授業サボってたらしいし、デキてるよあのふたり」

「うっわ、きっも！　授業サボって学校で何してたんだろうね？」

女子が人を見下す時特有の声色。もともと不愉快に思っていたけれど、自分が言われる立場となると、とてもではないが耐えられたものではなかった。胸のあたりで不快感がざわざわと蠢《うごめ》いて落ち着かない。

私が猫みたいにすり寄って甘えていたって、それはさすがに妄想がつけ加わり過ぎているのではないだろうか。それとも、第三者から見るとそう見えてしまうくらい、私は碧人に媚《こ》びていた？

ただ、どう見えたとしても、そこまで言われる筋合いはない。私達は付き合っているわけではないのだから。友達かって言われると……それも、ちょっとわからないけど。

そんな誰に言うでもない言い訳を考えているうちに、話題は私の悪口へと移っていた。

「てか外瀬って子、真面目な優等生って感じだと思ってたけど、今そんななんだ？」

「男できたら変わるタイプなんじゃない？」

「でもさー、釣り合ってなくない？　外瀬さんも可愛いっちゃ可愛いかもだけど、三上くんと釣り合うレベルじゃないでしょ」

「言うほど可愛いかー？　メイク上手いだけじゃん。どうせすっぴんはブス」

「絶対動画とかで研究してるよね」

「それはほら、イケメンに相手してもらうのに必死だから」

「ウケる～。釣り合ってないのに無理しちゃって。大人しくガリ勉してろよ整形ブス」

「さっきすっぴんブスって言ってたじゃん」

「どっちも変わらんっしょ」

ぎゃはは、という不愉快な彼女達の笑い声とともに、心臓の嫌な音が私の頭の中で鳴り響く。

それからも、私のことなど欠片ほども知らない連中が想像だけで私の悪口を並べ立てていた。次から次へと、よくもまぁそれだけ出てくるなというくらい、悪意ある言葉の羅列は止まらない。

「てかあれでしょ？　外瀬さんって最近ハブられてるんでしょ？」

「あ、そういえば最近ぼっちだよね。前まで常に誰かと一緒だったのに」

「そうそう、なんか同じクラスの山本さんの男奪ったらしいよ」

「そーなの!?　やっぱ、それでハブられて三上くんにいってんの？　糞ビッチじゃん」

「三上くんも本気じゃないでしょ。ぼっちの女相手してあげたら懐かれたとかって感じじゃない？」

「どうせヤリ捨てされて終わり。女に困ってなさそうだし」

「そんで、また別の男に乗り換えるんでしょ？」

「うっわ、超クズじゃん。ってかあたしら悪口言い過ぎ」

「男とっかえひっかえしてる女なんだから言われて当然じゃない？」

それからまた下品な笑い声が響いて、チャイムが鳴るや否や彼女らは慌てて教室へと戻って行った。

一方の私はトイレの個室から出られなかった。彼女らの悪口が始まった時と同じ体勢のまま、固まっていた。

最低。ほんと、最低……。

悔しくて、目頭が熱くなる。こんなにも酷い言われようだとは思ってなかった。こんなにも疎まれていたなんて。

奪ってもないのに勝手に略奪したことにされて、勝手にビッチ扱いされて……どうして私がここまで言われなくちゃいけないの？　私、あなた達に何かした？

ただ、こう言われる理由を私は知っていた。どこのグループにも所属せずどこでも適当に会話を合わせていたからこそ、痛いほどにわかってしまう。

要するに、彼女達は話題になればなんだっていいのだ。私のことをこれっぽっちも憎んでいなくても、その場の話題にさえなっていればそれでいい。気持ちも変わりやすく、さっきまで悪口を言っていたと思えば動画を観てゲラゲラと笑っている……彼女達は、そんな生き物なのだから。

「もう、やだ……」

誰もいないトイレで、私はひっそりと弱音を漏らした。

自分の置かれた状況を理解して、碧人が新しい世界を作ってくれて、そこに逃れることで何とか耐え忍んできた。碧人と距離が縮まって、世界が変わったと思っていた。やっていけそうな気がしていた。

でも、元の世界に目を向ければこれだ。これが私を取り巻く現実なのだ。

それから私は、終礼が終わるまでトイレの中でうずくまっていた。誰の目にも入りたくなかった。こんな弱くて打ちのめされた私をクラスの子達に、そして碧人に見られたくなかった。

碧人から『帰りいなかったけど、今日どうすんの？』とメッセージが届いていたので、『具合悪いから行かない。先に帰ってて』とだけ返した。その日は久々にひとりで学校から帰った。

お母さんは準夜勤だったようで、私が帰った頃にはすでに家を出ていた。顔を合わせずに済んだことに、ほっとする。今の私は、さすがに強がれない。

洗濯物を取り込んだり、洗い物をしたりとやらなくちゃいけない家事も溜まっていたけど、とてもではないがそんな気分にはなれなかった。

私は自分の部屋のベッドに倒れ込み、スマホを手に取る。

碧人から『大丈夫か？』とだけメッセージが届いていて、そのたった五文字のメッセージに、どうしてか泣きたくなってしまった。

『大丈夫、ありがとう』とだけ返して、スマホを枕の下に隠す。ここで強がらないと、電話をかけて泣き出してしまいそうだった。

真っ暗な部屋のベッドに寝転がったまま、あれやこれやと考える。

まさか、誰かに見られているとは思わなかった。これは碧人にも知らせたほうがいいだろうか？　それとも、もうあそこで昼休みを過ごすのはやめたほうがいいだろうか？

そんなどうでもいいことを考えているうちに、『バンドのほうは大丈夫だよね……？』と急に不安になってきてしまう。

よせばいいのに、気づけば私はスマホを枕の下から出して、〝カタカムナ〟で検索をかけていた。

そこで出てきたのは、匿名掲示板。もともとバンド用の掲示板があることは知っていたけど、悪口が多いというのを聞いていたので見ないようにしていたのだ。

それなのに、今日は開いてしまった。そして、結果は……案の定だった。直近のライブ以降の書き込みに、こんなことが書かれていたのだ。

『前に制服着てた子パス貼ってたけど誰かのカノジョ？』

『あの日碧人と一緒に帰ってるの見たよ。この前も来てたよね』

『え、フッーに引く。別にカノジョいてもいいけど、連れて来ないでほしいよね。てかDIOには来ないでほしいわー。せっかく売れるチャンスなのに』

『なんか芋っぽくなかった？　あんな芋でも碧人と繋がれんの？』

『やめなよ。ただの同級生かもしれないし』

『同級生なら金払えよ』

『碧人ってどうやって繋がれるの？　私も繋がりたい』

『DMで繋がれるよ』

『嘘吐けwww　碧人SNSやってないしww』

そこで私に関する書き込みは終わっていた。他には宗太さんに手を出されただとか、美幸さんのことについても書かれていた。

ファンの子達って、怖い。周囲の女性客を見て、一瞬の振る舞いや仕草からメンバーの身内かどうかを見抜いている。メンバーだって人間だし、友達や恋人くらいいて当たり前なのに……どうしてそれさえも認めないのだろうか。

いや、今はそんなことはどうでもいい。それよりも、私のことが彼のバンドにまで影響を与えてしまっていたのがただただショックだった。

学校ではあまり良く思われていない碧人が強く生きてこられたのは、精神的支柱としてバンドという『世界』があったからだ。その彼にとって最も大切な『世界』を私が壊そうとしているのではないか。そう思えてならなかった。

私……碧人の足、引っ張ってない？　私なんていないほうがいいのかな……。

彼とのやり取りを思い出すと、じわりと涙が浮かぶ。

離れたくなかった。今、彼が隣からいなくなったら、あの悪意ある校舎の中でひとり取り残されることになる。あんな誹謗中傷の中、たったひとりで立ち向かえる自信がなかった。

でも、碧人の夢を応援する者として、私は去ったほうがいいのかもしれない。いや、碧人のことを想うなら、隣にいないほうがいい。そう思えてならなかった。

＊

「はあ？　ンなこと気にしてたのかよ」

翌日、昼休みにいつもの場所で碧人に掲示板のことを伝えると、彼は呆れたような口調でそう言ったのだった。

本当は、今日ここに来るのを少し迷った。今の状況を考えれば、距離を置くべきなのかもしれない。でも、考えても結局答えは出ず、気づけばまたここに来てしまっていた。

トイレで聞いた話については言えなかった。もし言ったら、私にとって唯一学校で居心地がいいと思えるこの場所さえもなくなってしまうと思ったからだ。いつかは話さなくてはいけない。でも、まだ私にはその心の準備ができていなかった。

「匿名掲示板とかSNSなんか気にしたら負けだっつーの。あいつらは自分の不満を好き勝手垂れ流してるだけなんだからよ。俺らに相手にされなかった女とかが逆恨みで書いてるだけなんじゃねーの？」

知らんけど、と碧人はつけ足して、ごろりと寝転がった。

「別に今に始まったことじゃねーよ、掲示板なんて。俺らも書かれてるし、他のバンドも書かれてる。客のふりして本当は対バンした連中がライバルの評判下げるために書いてるケースもあるだろうな。匿名の掲示板なんか案外そんなもんだ。だからお前も気にすんな」

「そうなんだ……」

確かに、言われてみればそうなのかもしれない。

〝カタカムナ〟に関してだけ言っても、ＹｏｕＴｕｂｅのコメント欄やＳＮＳの返信ではほとんど好意的なコメントなのに、掲示板になった途端辛辣な書き込みが増えている。碧人もギターソロや曲がパクリだとか、ギターは顔面担当で本当は当て振りだとか、散々なことが書かれていた。このあたりは同業者の可能性も高いだろう。

確かに、これら一個一個を見て気にしていたら、やってられない。

『俺がヘタクソだったら、バンドまでバカにされんだろ』

そういえば碧人は以前、こんなことを言っていた。どこか自嘲的で、自分がまだまだと言い聞かせているような言い方だった。

あの時は意味がわからなかったけれど、今になってみればその理由も見えてくる。きっと彼は、まだ高校生であるが故にこうした批判に晒されてきていて、自分がバンドの足を引っ張っていると自覚しているのだ。だからこそ、毎日練習もできるのだろう。

「強いなぁ……碧人は」

「あ？　なんで」

「だって、あんなに酷いこと書かれてるのに、気にしてないんだもん。私だったら絶対に耐えられないよ」

　正直、自分のことではないのに読んでいて凹んだ。もし自分がプレイヤーの立場でこんな悪評を書き込まれたら続けられないと思う。しかし、意外にも彼は私の言葉を否定した。

「別に……強いわけじゃねーよ。たぶん、実際見たら気にするし腹も立つ。だから見ないし、そういうの見ないためにSNSもやってねーの。俺からしたら、アンチのコメントにちゃんと目を通してる宗太のほうがよっぽど強ぇよ」

　不貞腐れたように言うと、碧人はごろりと横向きになり、私に背中を向けた。

　本人は否定しているけれど、私からすれば十分碧人も強いと思う。そこに自分のことが書いてあるかもしれないと思うと、人間気になって見てしまうものだ。それは本能的なものだと思う。それを、自分の感情をコントロールするために見ないと決めて自分を抑えるのも、並大抵のことではない。現に私は昨日、その欲求に耐えられなくて掲示板を見てしまった。

　でも、私のせいで自分も悪く言われてるのに、碧人はやっぱり私を元気づけてくれるんだなぁ……。

　碧人の優しさを改めて感じるとともに、どうしてそこまで優しくしてくれるのかがわからなかった。以前は『嫌な感情が自分にも連鎖するから』と言っていた。けれど、それが理由にしてはあまりに私を気遣ってくれている気がする。彼からすれば、私に

『もう来るな』と言ったほうが手っ取り早いのだから。

「ねえ……どうして碧人はこんなに優しくしてくれるの？」

私は勇気を出して、訊いてみた。

その理由が知りたかった。もしかすると、『好きだから』という言葉を期待していたのかもしれない。

碧人はもう一度ごろりと転がって仰向けになると、ちらりと横目でこちらを見て訊き返してきた。

「構わないほうが良かったか？」

「そうじゃないけど……だって、私のこと構ってたって碧人に得なんてないじゃない。むしろ、損してることのほうが多いと思う。それなのに、なんでかなって」

私の質問に、碧人は大きく溜め息を吐いて目を閉じる。

それから暫く黙っていたかと思うと、何かを覚悟したかのように瞼をゆっくりと開けて、こう言ったのだった。

「俺さ……昔、いじめられてたことがあるんだ」

「えっ……!?」

予想外の告白に、私は目を大きく見開いた。

いじめられていた？　このふてぶてしくて、いつでも不遜な碧人が？　信じられない。

「ンだよ。わりーかよ」

「悪くないけど……意外だったから」

「誰にでもあんだろ、それくらい」と返しつつ、彼は続けた。

「小学生の高学年くらいだったかな。仲の良かった奴がいじめの標的にされて……そいつとはよく遊んでたからさ、当然守ったんだよ。そしたら、それが切っ掛けで今度は標的が俺のほうに向いて、俺がやられる側になった。でも、俺が助けたそいつは……俺を助けるんじゃなくて、加害者側に回りやがったんだ。いやー、さすがにあれは凹んだかな。人生で初めての理不尽に絶望した瞬間ってやつ？」

はっはっは、と碧人がどこか演技掛かった声で笑った。

しかし、茶化した言葉とは裏腹に、目元は上手く笑えていなかった。人生で初めて知った裏切りの味を思い出したのかもしれない。どこか苛立たしげに、虚空を睨みつけていた。

「そっからずっと、中学に上がるまで続いてよ。ま、こう見えて結構しんどい思いもしてたってわけ」

碧人はそこまで話すと、小さく息を吐いて目を閉じた。

そっか。それで、嫌がらせをする人達の心理にも詳しかったんだ。

ここで初めて話した時のことを思い出す。

彼は、ボロボロにされた私の教科書を自分のものだと言い、私と碧人の関係を山本さん達にほのめかした。その結果、碧人の反撃を恐れた彼女達は、私に直接手を出さなくなったのだ。

まあ、まだ身体をぶつけられたり無視されたりなどの嫌がらせは受けているけども、それでも物に手を出されるよりはずいぶんと気が楽だ。

「親御さんは？　親御さんは助けてくれなかったの？」

私はふと思いついた疑問を訊いた。なんとなく、子供がそんな状況だったならば親が助けるのではないかと思ったからだ。しかし、碧人から返ってきたのは否定の言葉だった。

「助ける？　親が？　ないない。助けるどころか、俺がいじめられてるって知ったら親父は大激怒よ。なんでか俺がぶん殴られた」

ありえねーだろ、と碧人は冗談っぽくつけ足したが、冗談として聞ける内容ではなかった。その証拠に、彼の瞳にも憎しみや嘲りといった感情が宿っている。

碧人のお父さんは中小企業の社長をやっているらしく、その界隈ではかなり有名な人らしい。コネなどを使わず、自分の手腕だけで今の地位を勝ち取った人だそうだ。

だからこそ男は強くなくてはならないと思っているらしく、弱い男を毛嫌いしていた。いじめを受けるのは碧人が弱いからだと断定し、彼を弱者と罵った。

「酷い……弱者だなんて」

話を聞いているだけで、私は泣きたくなってしまった。学校どころか家庭にも味方がいなかったのに、彼はそんな様子をおくびにも出さないで孤高に生きてきたのだ。自分の甘っちょろさが浮き彫りになった気がして、情けなかった。

「まー、もしガキが俺ひとりだったら親父も違ったのかもしれないけどな」

「どういうこと？」

「三つ上に兄貴がいてさ。そいつがまた、アホかと思うくらい優秀なんだわ。勉強もスポーツも人間性も完璧でよ。中学ん時から生徒会長とかやってて、人望も厚いから当然いじめられたことなんてないわけで。そんな兄貴を先に見てるから、余計に俺が不甲斐なく見えたんだろうな」

碧人は溜め息を吐いて、諦観《ていかん》のこもった眼差しで天井をぼんやりと見て言った。きっと、そう思うことで父親からの理不尽な物言いに耐えていたのだろう。

私が考えていたより、ずっと碧人は色々なことに耐えていたのだ。ただの自由人だと勝手に判断していた自分が憎らしい。人を見る目がないにもほどがある。

碧人に対するいじめは、小学校卒業を機に収ったそうだ。それはもちろん環境が小学校から中学校に変わったというのもあるだろうけど、碧人自身が変わったのも大きな要因だった。

音楽に出会い、ギターを始めたのがその時期で、以降、とにかく学校では人と関わらず孤高に生きる道を選んだ。

「どうして人と関わらなかったの？」

「お前がそれを訊くのかよ」

私の質問に、碧人が流し目でこちらを見た。

「えっ……？」

「誰かと深く関わったら、多かれ少なかれ同じようなことが起こるだろ。深春もそれがわかってたから、人と一歩距離置いてたんじゃねーの？」

予想もしていなかった碧人の分析に、私はまた言葉を失った。

その通りだ。私は〝優等生〟を演じる傍《かたわ》らで、一つの人間関係に深入りし過ぎないように立ち回っていた。その理由は、人間関係の問題を避けるためだ。彼が孤高を選んだ理由と何も変わらない。

私と碧人は……やり方は違えど、根本では同じ考えを持っていたのだ。

「じゃあ、どうして私に声掛けてくれたの？」

私は敢えて、訊いてみた。私と同じような考えを持っているなら、当然人間関係のトラブルは避けるはず。でも、碧人は今回、その考えに背いた。

「それは……まあ、成り行きってやつだろ」

碧人はどこか気まずそうに言葉を濁して、私から視線を逸らした。

その時の口調や表情で、なんとなく彼の本心がわかった気がする。きっと碧人は、苦しんでいる人が目の前にいると、助けたくなってしまう性分なのだ。ツンケンして不良のくせに、その実お人好し。でも、実際に行動に移せるのは……芯となる強さがあるから。

「でも、まー……前に言ったみたいに、別にお前に気を遣ったわけでもないし、優しくしたわけでもないから。ただ自分がそうしないと気持ちわりーからやっただけだよ。だから、いちいち気にすんなって」

微苦笑を浮かべ、碧人はそう言った。確か、以前もライブハウスの裏でそんな感じのことを言っていたように思う。見て見ぬふりをして私に何かあったら気分が悪いし、人の傷ついた顔を見たらその気持ちが連鎖して気が滅入る。だから、それを解消したかった——と。

でも、今の話を聞いてしまえば、別の理由が見えてくる。もしかすると、碧人は私の本質をずっと前から見抜いていたのではないだろうか。だからこそ、あの公園で私に声を掛けてくれた。自分と同類の人間が苦しんでいるのを、見ていられなかったから。

「……私は裏切らないよ？」

その結論に至った私は、気づけば碧人にそう告げていた。

当然、彼は「はあ？」と怪訝そうに首を傾げる。

「私はその小学校の時の人みたいに裏切らないから。絶対に、碧人を裏切ったりしないから」

寝転がる彼のほうをじっと見て、私の気持ちを伝える。

碧人は呆れたように溜め息を吐くと、私に背を向けてこう答えた。

「当たり前だろ」

3

中間試験の返却がされ、結果は予想よりも悲惨だった。ほぼほぼ全ての科目の点数を落としている。

辛うじていつもの成績を保っていたのは、碧人に教えた科目のみ。それ以外はギリギリ平均点に達しているかどうか、といったところだ。理科系科目ではケアレスミスも目立ち、平均点を下回ってしまっている始末。今までで一番悪い成績だった。学年順位もかなり落ちていて、想像していたよりも悪い成績に思わず自分でも面食らってしまった。ただ、この成績で私よりも焦った人がいる。学校のクラス担任だ。

テストの返却が終わるや否や、鈴本先生が私を進路指導室に呼び出した。理由はもちろん、著しく下降した成績の件。一応全科目平均点くらいは取っているのだし、呼び出されるほど成績が悪いわけではない。でも、入学以来私の成績は常に学年でも十番以内に入っていて、そんな〝優等生〟だった私がたった一ヵ月で突然、平凡な順位に落ちたとなれば話は変わってくる。

「一体どうしたんだ？　外瀬がこんなに成績落としたのなんて、初めてなんじゃないか？　中学の頃から成績は良かったんだろ？」

「すみません……勉強不足でした。色々、調子が悪くて」

　先生は親身になって心配してくれたけれど、私は私で言葉を濁すしかなかった。嫌がらせや無視を受けて〝優等生〟としてのメッキが剥がれて自分を上手く保てなくなっていた、とはさすがに言えない。

「別に外瀬を叱っているんじゃないんだ。ほとんど平均以上は取っているし、成績の観点で言えば問題はないよ。ただ、その……これまで優等生だったお前が、俺の受け持つクラスになった途端こうなってしまっては、クラスに何か問題があるんじゃないかと他の先生方も心配されててだな」

　ああ、そういうことか——私は先生の本音を悟り、心の中で大きな溜め息を漏らした。要するに、私の成績が落ちたことで先生の評価に問題が生じているのだ。これまで優等生だった外瀬深春が、二年になって鈴本紘一《すずもとこういち》がクラス担任になった途端に成績を落とした。この事実が彼の立場を悪くしつつあるのだろう。

　私のためでもなんでもない。彼のメンツのための面談に他ならなかった。

「何か相談に乗れることがあったら、先生何でも——」

「いえ、大丈夫です。期末で挽回しますから」

　私は極力苛立ちを見せないよう、会話を遮った。これ以上心配しているふりをされると、感情が顔に出てしまいそうだ。

　どうして私がなんの恩も義理もない担任教師の評価を気にしてやらなければならないのだろうか。私の成績が悪くなって困るのは私であってあなたではない。私なんて、あなたの長い教師生活の数多いる生徒のひとりに過ぎないのに。

「そうは言ってもなぁ。最近外瀬少し変だろう？」

「変って……何がですか？」

「いや、見て見ぬふりをしたが、お前この前授業サボっただろ。それに、前までクラスの輪に上手く馴染んでいたと思ったのに、最近はその、ひとりでいるところも目立つからなぁ。何かあったんじゃないかって心配してるんだ」

担任教師の言葉に、喉元まで出かかった大きな溜め息を既《すんで》の所で堪える。

なんとデリカシーのない教師だろう？　その言葉に人がどれだけ傷つくか、考えないのだろうか。〝私達〟はあの手この手でぼっちにならないように努力している。でも、何か失言したり、今回みたく第三者のせいでぼっちになってしまうことも時にはあるのだ。

誰かが手を差し伸べてくれる場合もあるし、差し伸べられない場合もある。時間が経てば元通りになる時もあれば、ならずに新たなグループを探さなければならない時もあるだろう。あなた達教師が知らない間に、女子生徒の中ではどんな権力争いがあって、どれだけ互いの顔色をうかがいながら生活の均衡《きんこう》を保っているか、一から説明してやりたかった。本当に腹が立ってくる。

でも、私も〝優等生〟を演じてきた生徒のひとり。この程度の苛立ちならば、問題なくコントロールできる。教師だってひとりの人間でしかなく、大人で教師だからといって優れた人格者なわけではない。そんな教師の前でいい顔を見せるのも〝優等生〟の素養の一つだ。今回も愛想笑いを浮かべて、『ちょっと具合が悪かっただけです。もうしません』と返せばそこで終わる。今まではそうやって乗り切ってきたし、今回もそうするつもりだった。

けれど、担任教師の次の言葉に、私は目を大きく見開いて、愛想笑いを凍らせた。

「最近、三上とも噂になっているみたいだし……もしかして、あいつと付き合っているのか？」

担任のその言葉に、絶望にも似た気持ちが私の中で広がっていく。

お前までそれを言うのか。女子トイレで井戸端会議を開く人と同じくそんなゴシップネタに振り回されて、今の私の唯一の憩いの場にズカズカと土足で入り込んでくるのか。やり場のない苛立ちに頭の芯がチリチリと音を立てた。ドス黒い感情が胸の中から溢れ返ってくる。

「それが、何か関係あるんですか……？」

私は自分で思ったよりも低い声で担任に訊き返していた。

コントロール不能な苛立ちが胸と頭の中を支配していき、胸の中の苦痛をそのまま掴み出して相手に叩きつけたいような癇癪《かんしゃく》が渦巻く。

私の声色が予想していたものと違ったからか、担任教師は慌てて言い訳がましい言葉を並べた。

「ああ、えっと、先生は別に男女交際がダメとは言わんぞ？　ただ、相手があの三上というのはな……今回のテストやサボりもあいつが影響してるんじゃないかって、他の先生方もな、心配してたところなんだ。あくまでも交際は高校生に相応しい範囲内で——」

「だから、それと私の成績がどう関係しているのかを訊いてるんです！」

担任の言葉を、最後まで聞けなかった。いつものように怒りを抑えつけて、当たり障りのない言葉を並べ立てられなかった。

真面目一筋でいつも愛想笑いを浮かべていた私が突如として怒鳴ったことに、担任も驚きを隠せなかった。信じられない、とぽかんと口を開けている。私自身、大声で怒鳴ってしまうとは思ってもいなかったので、胸がそわそわして居心地が悪い。でも、それ以上に先生の言葉が不愉快だった。

女子トイレの井戸端会議のような内容を持ちだしたのもそうだし、まるで私の成績が落ちたのを碧人のせいにしているようなその言い方が我慢ならなかった。教師に不愉快な気持ちになったことはこれまでもあるけれど、抑制が利かなかったのは初めてだ。

どうして碧人が悪く言われなければならないのだろう？　今辛うじて私が学校生活を送れているのは、彼が一緒にいてくれるおかげなのに。その彼をバカにされるのは、許せることではなかった。

「……失礼します」

驚いて固まったままでいる担任教師を前に、私はそのまま頭を下げて進路指導室を後にする。先生は私を呼び止めていたけれど、完全に無視してそのまま帰ってやった。

ただ、私のこの対応は後々を考えれば明らかに誤りだった。担任は私の豹変ぶりを心配し、お母さんに電話をかけたのだ。そのおかげで、家に帰るなりまた担任と似たような話をされたのは言うまでもない。

担任もさすがに碧人のことには触れなかったのか、お母さんから交際云々については何も言われなかった。ただ、今回の成績についてはかなり心配されてしまった。

そこでやっぱり親が口にするのは、『大学行くなら国公立じゃないと厳しいよ？』という心配だった。うちの家計はそれほど余裕があるわけではないので、大学に行くなら国公立になってしまう。そんなのわざわざ言われるまでもなくわかっていた。

建前上はお母さんも心配してくれている。しかし、国公立を目指している私が、こんな点数を取っていいわけがない。もう受験まで二年を切っているし、むしろ成績を伸ばしていかなければならない時期に入っているのに、何をしているんだと叱責されている気分にしかならなかった。お母さんも仕事前だったので結局それ以上のことは言わず、期末は頑張りなさいね、と激励するに留まった。

準夜勤に向かったお母さんの背中を見送って、私は大きく溜め息を吐く。

「どうして、こうなっちゃうのかなぁ……」

碧人と触れ合うことで新しい世界を築いていく傍らで、元の世界の私は、完全に崩れ始めていた。

＊

その翌日、私は体調不良に襲われた。昨日の夜から始まった生理がいつになく重く、頭痛と腰痛、下腹部の痛みが特に酷くて、歩くのも困難なほどだった。

精神的なものから生理痛が悪化するというのは聞いたことがあったけど、ここまでとは思わなかった。正直、休みたい。でも、今日もお母さんは準夜勤なので、夕方近くまで家にいる。ちょうど昨日も『もうちょっと頑張りなさい』と激励されたばかりだ。さすがにその翌日に生理痛で休みたい、とは言えなかった。

結局私はいつも通りに準備をし、重い身体を引きずるようにして学校に向かっていた。けれど、通学中も遠慮なしに襲ってくる様々な痛みは、私の心と体力を蝕《むしば》んでいく。こんな状況で学校に行ったって授業に集中なんてできるわけがない。

なんでこんな時も休みたいって言えないんだろう、私？

そんな風に考えてしまわなくもなかった。ある程度家庭の事情が理解できる年頃になってくると、いつからか自分の欲求なんて何一つ言えなくなっていた。お母さんから誕生日やクリスマスに欲しいものがあるかと訊かれても本当に欲しいものなんて言えなかったし、やりたい習いごとも言えなかった。それがお母さんの負担になると思っていたからだ。

それが日常化してしまうと、こうして学校を休みたいとさえ言えなくなってしまう。こんな状態で、碧人の『何がしたいの？』という問いになんて答えられるわけがない。

……もう無理。ちょっと休ませて。

私は心の中でそう一言呟くと、通学路の途中にあった公園に入った。

一体誰に休憩の許しを乞うているのだろう？　誰にも許可なんて貰う必要がないのに、自分が休憩する時でも見えない誰かから許しを得ないといけない気がした。

公園の入り口から一番近いベンチに座り込み、鞄の中をまさぐって鎮痛剤を探したけれど、どこにも見当たらない。

そこで、家を出る前に飲もうと思ってリビングのテーブルに一度出したのを思い出した。お母さんに何か話し掛けられて、それに答えているうちに飲まないまま出発してしまったのだ。

「何やってるんだろう、私……ほんと、ぼやっとし過ぎ」

自分に呆れ返りながら、頭痛と腹痛、そして腰痛に耐える。一体もうどこが痛いのかさえわからないし、いつ収まってくれるのかもわからないけれど、ただ耐えるしかなかった。

私がこうしている間も、目の前の通学路を同じ学校の生徒達が進んでいく。中には怪訝そうな視線をこちらに向けてくる人もいるけれど、その視線さえも痛みや苛立ちを強めるだけだった。今なら通行人全員にブチ切れる理由をつけられそうだ。お願いだから、放っておいてほしい。

そうしてベンチでうずくまったまま暫く時間が経った頃だった。不意に足音が近づいてきて、私の前で立ち止まった。同じ学校の制服ズボンと革靴が視界に入る。

「おい、深春」

聞き覚えのあるその声が頭上から降り注いできて、私はゆっくりと首を持ち上げ、声の主を見る。

そこには、不思議そうに私を見下ろす碧人の姿があった。

「何、どしたん？　体調わりーの？」

私はこくりと頷き、もう一度俯いた。

最悪なタイミングだ。今一番話し掛けられたくない相手だった。体調が悪いのは違いないけれど、碧人にその理由を言えるわけがない。

「水かなんかいる？　それなら買って――」

「ごめん、放っておいて。たぶん、男子にはわかんないから」

碧人の言葉を遮って、つい冷たく言い放ってしまった。

ああ……ほんと、最低。碧人が心配して立ち止まってくれているのに、なんでこんな言い方しかできないんだろう？　素直になれない自分を恨めしく思うけど、色んな箇所の痛みで苛々してしまって、自分をコントロールできない。

碧人は暫く無言で立ち止まっていたかと思うと、舌打ちをして「あっそ」と声を漏らし、そのまま公園を出て行ってしまった。

怒らせちゃったかな……？

ただ、怒って当然だとも思う。せっかく私のことを心配して声を掛けてくれているのに、邪見にされていい気分なわけがない。

自己嫌悪に陥ったまま痛みに耐えていると、それから暫くして、足音が聞こえてきた。また碧人が戻ってきたのかと思って顔を上げると、そこにいたのは碧人ではなく……〝クローネ〟の美幸さんだった。

「え、美幸さん⁉」

予想もしなかった人物の登場に、私は驚いて立ち上がろうとした。が、声を上げた拍子にお腹がずきんと痛んで、うずくまる。

「じっとしてて。具合、悪いんでしょ？」

美幸さんが、心配そうに私の顔を覗き込んだ。

「どうして美幸さんが……？」

私はちらりと美幸さんを見て訊いた。

美幸さんの服装はいつものお洒落な感じではなく、本当に起き抜けで出てきた、というような部屋着だった。〝クローネ〟は基本的に深夜まで営業している。その生活リズムを考えると、彼女が普段この時間帯に起きているはずがない。

「碧人くんからね、連絡があったのよ。電話かかってきたの初めてだったから、驚いちゃった」

曰く、碧人は輝明さんに美幸さんの連絡先を聞いて、私が体調を崩していることを伝えたらしい。そして、この公園が美幸さんのお店に近いから、様子を見に来てほしいと頼んだのだとか。

ちらりと公園の入り口を見ると、そこにはハザードランプが点いたままのタクシーが止まっていた。碧人から連絡を受けて、美幸さんがタクシーで駆けつけてくれたのだろう。

碧人や美幸さんの気遣いは、嬉しい。でも、なんでいちいち碧人はこう物事を大きくするんだろうか。ちょっと体調を崩しただけなのに、輝明さんや美幸さんにも迷惑を掛けてしまった。それが凄く申し訳ない。

そこで、ふと考える。

「どうして美幸さんだったんだろう……？」

頼るにしても、他の人を選びそうな気がする。それに、碧人ならなんでも自分の力でやりそうなものなのに。

「ん～……お店がここから近いっていうのもあるかもしれないけど、他にぱっと女の人が思いつかなかったからじゃない？『男子にはわからないから』って、彼に言ったんでしょ？」

「あっ……」

そうだった。体調不良の理由を話したくなくて、私は彼にそんな物言いをしてしまったのだ。

その言葉で怒らせてしまったのかと思っていたけれど、碧人はそれで私の状態を察して……自分がどうこうするよりも、同性の美幸さんを頼った。実際に、私達の共通の知人の女性は美幸さん以外にいない。

八つ当たりみたいな言い方しちゃったのに、どうして……。

「……私、碧人に酷いこと言っちゃいました」

「それなら、後でちゃんと謝らないとね？」

美幸さんは優しく諭すようにそう言うと、にっこりと笑った。

本当に、大人の女性だ。同級生の子達ならまずこんな言い方はできないだろう。

「はい……うっ」

彼女の言葉に頷こうとするも、再び襲ってきた腹痛に、私は顔を歪める。

美幸さんが気遣わしげに眉をハの字に曲げて、私の背中を擦ってくれた。

「普段から重いほうなの？」

「今回は特にって感じですね……薬も、持ってくるの忘れちゃって」

「学校は厳しいよね？」

「ちょっと……今のままだと、きついかもです」

私は少し迷ってから答えた。

これまでの私なら、強がっていたかもしれない。きっと、這ってでも学校に向かっていたと思う。それが〝優等生〟としてあるべき姿だと思っていたからだ。

でも、今の私は……もう、〝優等生〟ではない。学校に着いたところで、私に待っているのはただの苦境だ。今の状態で、あの環境を乗り切る自信がなかった。

「そっか。じゃあ、家まで送ってくわ。どのあたり？」

美幸さんは、公園前に待たせているタクシーをちらりと見た。

本当なら、甘えたほうがいいのだと思う。そのほうが美幸さんの迷惑にもならないし、家に帰ればタクシー代も支払える。

でも……家にはお母さんがいる。昨日の今日で、このザマだ。今この状態でお母さんと顔を合わせたくなかった。

「……っていうのはやっぱナシにして、うちのお店でちょっと休んでこっか。一応、横になれる場所もあるから」

私が答えをためらったその一瞬で、美幸さんは何かを察したのだろう。柔らかい笑みを浮かべて、そう提案してくれた。

「え、でもッ」

「いいのよ、気にしなくて。困った時はお互い様だから」

「私、お返しできることなんてありません」

「そんなことないわ。むしろ、普段は私が助けてもらってばかりだから、今回はそのお礼をさせてほしいかな」

私が美幸さんを助けている？　いつ？　疑問符が、頭の上にぽんぽんと浮かんだ。

オープン前からバーを開けてもらって、私と碧人に勉強場所を提供してくれている。むしろ、私が美幸さんから助けてもらってばかりではないだろうか。

その疑問に答えるかのように、美幸さんはあっけらかんとこう答えた。

「ほとんど毎日うちにコーヒーを飲みに来てくれてるじゃない。うちが潰れてないのは、深春ちゃん達みたいなお客さんがいるからなのよ？」


結局、そのまま美幸さんに連れられて〝クローネ〟に向かった。

案内されたのは、普段いるフロアの奥にある小部屋。ここは美幸さん専用のオフィス兼休憩部屋だそうで、仮眠用に小さなソファが置いてあった。

「ほら、横になって。そのソファ、案外悪くないから」

美幸さんはそう言って、私にソファに座るように促した。

ソファは、昔どこかのサロンで使われていたようなヴィンテージ調のもので、革張りの表面には使い込まれた跡が深いシワとなって刻まれている。その上にはブランケットが綺麗に畳まれており、美幸さんがここで仮眠を取る時に使っているのだろう。

「あの……本当にすみません。私なんかのために、お店まで開けて頂いて」

「そういうのいいから、薬飲んだら早く横になって。若いうちからそんなに気ばかり遣ってたら、皺《しわ》になるわよ？」

冗談めかして言い、私にお水と鎮痛薬を渡してくれた。

薬を飲むと、そのまま「ほら、寝た寝た」と子供のようにソファに寝かしつけられて、そっとブランケットを掛けられる。

「私はあっちで仕事してるから、何かあったら呼んで」

窓のカーテンを閉めて電気を消し、美幸さんは小さく手を振ってから部屋を出て行った。

なんだろう。こんな風に、誰かに優しくされたのはずいぶんと久しぶりな気がした。

別に、お母さんが優しくないわけではない。きっと私が寝込めばこうして優しくしてくれるだろう。

でも……私は、そんな風にお母さんに甘えたことなんて、もう何年もなくて。ずっと働きづめのお母さんに心配を掛けたくなくて、いつでも健康で優秀な〝優等生〟でいなければならなかった。体調が悪かった時なら、これまでにもある。でも、〝優等生〟という仮面があれば、耐えられた。

今の私には、その仮面がない。その仮面がないと、ちょっとした踏ん張りも利かなくなってしまうと知った。

そして、そんな時だからこそ、碧人や美幸さんが向けてくれる優しさが、胸に沁みる。彼らは、私が〝優等生〟であってもなくても変わらず接してくれるから。それが何よりも嬉しい。

でも、彼らからすると、それも当然なのかもしれない。碧人も美幸さんも、そして宗太さん達も、私が〝優等生〟であった世界とは無縁の場所で生きている。私が〝優等生〟かそうじゃないかなど、関係がないのだ。

「これが碧人の言う、『新しい世界』なのかな……」

ぶっきらぼうで、口と目つきが悪くて、でも優しくて。

きっと彼がいなければ、自分を保てていなかっただろう。

『ありがとう』と一言だけＬＩＮＥでメッセージを送ると、『うい』と漫画のキャラが不機嫌そうに手を上げているスタンプがすぐに返ってきた。

なんだかこのキャラ、碧人みたい……。

スマホを眺めて不愛想なクラスメイトを思い浮かべているうちに、薬が効いてきたのか、眠気が襲ってくる。

私はそのまま迫りくる睡魔に身を任せ、ゆっくりと眠りに落ちていった。

結局、美幸さんのソファでずっと寝続けてしまっていた。

何も考えずに眠れたのはいつ以来だろう？　家にいたらあれこれやらないといけな

いことが目についてしまいがちなのだけれど、ここでは特にやることがないので、気にせず休息が取れた。

お昼を過ぎたくらいに目が覚めると、美幸さんが簡単なお昼ご飯を作ってくれた。

どうして私が家に帰りたがらなかったのか、とか。勉強するのに、もっと身近な場所を利用しないのか、とか。色々訊かれるのかなと思っていたけれど、彼女はそういったことには踏み込まず、ただ他愛ない話題を振ってくれていた。

居心地が、良かった。

彼が作ってくれた新しい世界が、私を支えてくれていた。

夕方くらいには体調もすっかり良くなっていたので、美幸さんには改めてお礼をすると伝えてから、家に帰った。

今日はお母さんが準夜勤だし、もう今頃は家を出ているはず。欠席についてとやかく言われるまで少しは時間を稼げるだろう。そう思って、家路を進む。

基本的に欠席届は本人か保護者が学校に電話しなければならないのだけれど、その欠席の連絡を今日はしていない。し忘れていたわけではなくて、なんとなく電話しにくくてつい後回しにしてしまったのだ。嫌なことをつい後回しにしてしまう、私の悪い癖だ。

ただ、嫌なことを後回しにしていいことなどあるはずがなくて……やっぱり、その日、学校をサボった天罰が私に下った。家に帰ると、仕事に行ったはずのお母さんが、私を待っていたのだ。

「……お母さん？　仕事は？　今日、準夜勤じゃなかったっけ？」

私はリビングのテーブルに座っているお母さんに、おずおずと話し掛けた。

「いいから、座りなさい」

お母さんは目を瞑ったまま、大きく溜め息を吐いた。

普段のやり取りとは明らかに異なる、〝母〟としての態度と声色。こんなお母さんの声を聞いたのは初めてかもしれない。

私は視線を落としながら、テーブルを挟んでお母さんの前に座った。

「お母さん、仕事は――」

「休んだわよ」

お母さんは私の言葉を遮ると、大きく溜め息を吐いた。

「ねえ深春。あなた、今日どこ行ってたの？」

「どこって……」

言葉に詰まる。学校をサボって行きつけのバーで過ごさせてもらっただなんて言えるわけがない。

「学校は休んだわよね？　担任の先生から朝に連絡を貰ったのよ。学校に来てないって。無断欠席が良くないっていうのは知ってるわよね？」

「……うん。ごめん」

私は素直に謝った。

「まあ、何かあったわけじゃないならいいんだけど。電話にも出ないし、夜になっても帰ってこなかったら捜索願出すところだったんだからね？」

「……ごめん」

私は項垂《うなだ》れて、もう一度謝罪の言葉を述べた。

碧人の返事を確認してから、スマホの電源は切っていた。お母さんから連絡が入ることを予期して、敢えて切っていたのだ。この状態で言い訳などできるはずがない。

お母さんは目の前でもう一度大きく溜め息を吐いて、「あのさぁ……」と切り出した。

「あなたもそういう年頃だし、これまで母親らしいことなんてしてなかったから今更口を挟むのもどうかなって思って昨日は黙ってたんだけど……深春、最近どうしたの？ ほんとに大丈夫？」

「えっ……何が？」

お母さんの質問の意図がわからず、私は首を傾げた。

「同じ科の看護師さんがね、夜の繁華街であなたを見たって言ってたのよ。楽器持ってる男の人と一緒だったって」

その言葉に、びくっと身体が震えた。

繁華街と言うと、初めて碧人のライブに行った日のことだろうか。まさか誰かに見られていたとは思わなかった。

「その男の子が、学校で付き合ってるって噂の不良の子？」

「待って、どうしてお母さんがそんなことまで知ってるの？」

「先生に聞いたのよ。学校で不良と言われている男の子とあなたが最近付き合っているっていう噂があって、それから成績も落ちて授業もサボってるって。前の電話ではプライベートなことだからと思って言わなかったみたいなんだけど、今日の不登校を受けて話してくれたのよ。心配していらしたわよ、先生も」

私は内心で舌打ちをした。『心配していらした』が聞いて呆れる。心配なんて本当はしていなくて、〝優等生〟の私が言うことを聞かなかったことに腹を立てているだけでしょ。

散々サボっている碧人の保護者には連絡なんてしていないくせに、どうして一度休んだだけの私がここまでされなければならないのだろうか。本当に腹が立つ。

「その男の子と今日も一緒にいたの？」

「ちょっと待ってよ。さっきから勝手に話進めないで。確かに学校を休んだことに関しては言い訳できないけど、碧人は今日ちゃんと学校に行ってたから。私が生理痛で辛そうだから、知り合いを呼んでくれて……」

「体調が悪いなら家に帰ってくれればいいじゃない！」

お母さんが私の言葉をぴしゃりと撥《は》ね除《の》けた。

間違いない。確かに、その通りだ。体調不良で学校に行けなかったなら、〝クローネ〟ではなくて家に帰るべきだ。でも、心身ともに限界が来ている時にこういう話をされるのがどれだけ嫌か、私の気持ちも少しは察してほしい。

昨日の今日で学校を休めば、家に帰った時点で何かしら小言を言われていたと思う。今朝の私がそれに耐えられただろうか？　いや、無理に決まっている。心身ともにボロボロで、碧人や美幸さんが優しくしてくれて、今日一日家のことも学校のことも考えずに過ごせたからこうして帰ろうとも思えたのに。

「不良の男と夜遊びして、学校サボって、それで成績まで下がって……お母さんさすがに許せないわよ」

お母さんの説教は止まらない。物心がついてからここまで叱られたのは初めてだった。それも当然だ。私はもう、何年間も手の掛からない〝優等生〟でいたので、怒り切っ掛けなんてなかったのだから。

それからもお母さんはくどくどと説教を続けた。時には碧人との関係についても触れられ、そういう関係じゃないと否定すると「そういう関係じゃないならなおさら警戒しなさい」と更に説教が重なった。

私はただ、目の前で〝母親らしく〟私に説教するお母さんを見て、絶望感で胸が満たされていくのを感じていた。

あー……これまで私がどれだけ我慢してきて、どれだけ頑張ってきたか、この人も見てなかったんだなぁ。

お母さんが働きやすいように家事は全部やって、ご飯も作れる時は作って、勉強も頑張って、心配掛けないために素行も良くして、これまでずっとずっと、理想の〝優等生〟を演じてきた。

でも、たった一つでも何か問題が生じればすぐにこれだ。学校でのこともそう。家のことでもそう。全部私が我慢して、全部私が頑張らないと平穏が保てない。一つ綻びが生じれば、全部私が悪いことになってしまう。

やってられない……！

きっと、生理のイライラも影響しているのだろう。胸の中でこれまでにない苛立ちと怒りがぐるぐると渦巻き、ついに何かが頭の中でプツンと切れる感覚が襲った。その勢いで、くどくどと説教を続けるお母さんの前でテーブルを思い切り叩いて立ち上がり、こう叫んでいた。

「私のことなんて何も見てなかったくせに！　今更母親ヅラしないでよ！」

愕然《がくぜん》として私を見上げるお母さん。驚きと同時に、どこか傷ついた表情も見せている。私はそんなお母さんをキッと睨みつけると、鞄を持ってそのまま自分の部屋に閉じこもった。

すぐにお母さんがドアの向こうから呼び掛けてきたが、聞く耳を持たなかった。

人生で初めての反抗期。今までの不満をたった二言で全部ぶちまけられたはずなのに、驚くほど不愉快で、酷い自己嫌悪に襲われた。

＊

「……っていうことが昨日あって」

翌日の昼休み。私はいつものように屋上に続く踊り場で碧人と昼食をとった後、昨日帰宅後にあったお母さんとのやり取りについて話した。

本当は話したくなかったけど、私の浮かない表情を見て、碧人が『なんかあったん？』と訊いてきたのだ。訊かれたからには話すしかない。

いや、本当は訊いてほしかったのだ。きっと碧人なら、ぶっきらぼうながら優しい言葉を掛けてくれるのがわかっていたから。

「いや、欠席の連絡はしとけよ。さすがにそこまで気ぃ回んねーよ」

碧人は事情を聞くや否や、呆れていた。

ごもっとも。昨日私が電話を嫌がらずに学校に連絡しておけば、きっとここまで面倒なことにはならなかっただろう。少なくとも、学校側からお母さんに連絡が行かず、お母さんも仕事を休まなかったはずだ。そしたら、きっとこんな揉めごとに発展するのはもっと後になっていただろうと思う。

「だよね……ごめん」

「俺に謝ることじゃねーだろ」

「そうじゃなくて。その……」

「担任から俺のことどうこう言われたって話か？」

私の言わんとしていることを読み取って、碧人が訊いた。

私はこくりと頷く。昨日の説明をしていく中で、担任の鈴本がお母さんに碧人のことを話した件については伝えざるを得なかった。そうしないと私が落ち込んでいる理由を説明できなかったからだ。

私のせいで碧人が余計に悪く言われている気がしてならない。私が〝優等生〟だったが故に、私の素行や成績の悪化の責任を彼が背負わされているようにしか思えなかった。彼はただいつも私に手を差し伸べてくれているだけなのに、そのせいで彼の評価を貶《おとし》めている。私は碧人のことを一度も裏切ったつもりはないのだけれど、結果的に裏切ってしまっているのではないかと不安になってしまった。

「先生だけじゃなくて、ほんとは他のクラスの子達からも私達のこと色々言われてたの。気を悪くするかなって思って黙ってたんだけど……前に、トイレでそんな噂話もされてて」

「別に、噂話も掲示板も大差ねーだろ」

碧人は呆れたようにそう言い切ると、ごろんと腕を枕にして横になった。

ほんと、どうすればそんなに強く生きられるのだろうか？　私なんて、噂話と掲示板のダブルパンチで物凄く凹んだのに。

もちろん、彼の言わんとしていることはわからないでもない。噂話も掲示板も、結局のところは他人の嘘や願望から成り立つもので、虚実も十分含まれる。

　しかし、他人のせいで自分が悪く言われていたら、きっと私なら怒るし腹が立つ。それなのに、どうして彼は他人事のように受け取れるのだろう？　もっと私をなじったり叱ったりしてくれてもいいのに。

「つーか、どうでもいいだろ。母親の話も、学校の噂話も、掲示板も……ンなもん、何も関係ねーよ。それよか、大事なもんがあるんじゃねーの？」

「大事なもの……？」

　碧人の問いに、私は首を傾げた。何が言いたいのかわからなかったのだ。

「……深春がどうしたいか、どうなりたいか、だよ」

　碧人は鋭い視線をこちらに送ると、そう問いかけるように言った。

　またこの質問だ。碧人から、これまで何度も投げ掛けられた質問。その時々の状況は違えど、何度も何度も投げ掛けられている気がする。そしてその都度、私は答えに困っていた。誰かにこうしろと言われる、あるいはこのほうがいいと示されているものをずっと選んできた人生だった。家でも学校でも、私を取り巻く『世界』ではそれが当たり前だったのだ。そんな私にとって、自分でどうしたいかを自分で決めるなど、そう簡単にできることではない。

「お前はどうしたいの？　どうなりたいの？」

碧人はじっとその切れ長な目で私を見て、重ねて訊いた。

いつもより圧が強かった。でも、そんな風に睨まれたって答えなんて出るはずがない。私がどうしたいか、どうなりたいかなんて、ずっと考えたことがなかったのだから。

「……わかんない」

私は暫く悩んだ末、そう答えた。

本当にわからなかった。お母さんのことも、学校のことも、碧人との噂話についても、私なんかが決めていいのだろうかと思ってしまう。

「そうかよ……」

碧人は心底呆れたようにして溜め息を吐くと、苛立たしげにその金髪を掻きむしった。

どうしたのだろうか？　なんだか苛々しつつ落胆している風にも見える。私の答え、そんなにまずかったのかな？

けれど、碧人が次に放った言葉で、私は自らが答えを誤ったことに気づかされる。

「じゃあ——俺らも一旦距離置いたほうがいいかもな」

「えっ……？」

意味がわからず、唖然としてしまった。

言葉が上手く出てこなかった。それどころか、何を言っているのかがわからない。距離を置く？　それって、どういうこと？　もう話し掛けたりライブにも来るなって？　そういうこと？　どうしてそんな話になるの？

「ちょっと待って碧人、それどういう――」

「そのまんまの意味だよ、バカ。もう話し掛けてくんな。少なくとも、さっきの質問に答えられるまではな」

碧人は立ち上がり、愕然としたままの私を振り返ると、悔しそうな顔をして舌打ちをする。そして、そのまま階段をさっさかと下りていってしまった。

この状況も、碧人の言葉の意味も、何もかもがわからなかった。

ただ、どうやら私が返答を誤ってしまったらしいことは間違いない。

これまで何度もその質問を投げ掛けられてきた。その都度、私は答えをはぐらかしていたのではないだろうか？　はぐらかしたというか、なんと答えればいいのかわからなかっただけなのだけれど。

でも、これまではこんな態度をとられなかった。こんな風に言われなかった。

それなのに、どうして？　どうしていきなりこんな風にして突き放すの？　意味がわからなかった。

ただ、一つだけ明確になったことがある。

どうやら、本当の意味で独りになってしまったということだ。

私はただ、碧人がいなくなった階段の踊り場で、呆然とするしかなかった。

五章

# 優しさに包まれた世界で

1

碧人から唐突に関係を遮断されてから数日が経って……。あの一件以降、彼と話すことはなくなった。LINEを送っても返ってこないし、学校で目が合っても逸らされて終わるだけ。もちろん、昼休みにいつもの場所に行っても彼はいないし、放課後一緒に帰ることもない。

これらからわかることは、完全なる拒絶。私は碧人から、拒絶されているのだ。

こんなにも簡単に人との繋がりは消えるのか、と私は愕然とした。もともと少なかった接点が消えてしまえば、話す切っ掛けさえなくなってしまう。

学校で〝優等生〟としての立ち位置が失われ、家庭でも心が休まることのなかった私にとって、碧人との時間は唯一の救いだった。自分が自分らしくいられる場所で、厳しい環境に置かれつつあった私の精神的支柱……そう、新しい『世界』だったのだ。

その世界がいきなりなくなってしまった。私の前から唐突に消えて、残ったのは何もない空洞みたいな空間。

幸い、教室の中でもともとよく話していたわけではないので、クラスの子達から別れただなんだと噂話はされずに今のところは済んでいる。だけど、きっとそれも時間の問題だろう。

教室の中ではイヤホンを耳に突っ込んで、音楽を流しておけばいい。それだけで時間はどうとでもなるはずだ。

でも――ふと、スマホの音楽配信アプリを開いて、ぴたっと手が止まる。

一番上に表示されているアーティストは、〝カタカムナ〟。それに、今度碧人が対バンする〝レイスト〟といった、碧人と知り合ってから聴くようになったアーティストばかり。いつも私を世界から遮断してくれていた音楽は、全部碧人を思い出させるものばかりだった。何を聴けばいいのか、わからない。なんとなく碧人に関係しているジャンルを避けて流してみるが、全然しっくりと来なかった。

遂に私は教室にいられなくなって、短い休み時間でもどこかをふらつくようになっていた。ただ人の少ない場所を求めて、校内を彷徨《さまよ》う他なかった。

昼休みも、もしかしたら彼がいるかもしれないと願い、いつもの場所に向かう。もちろん、いるはずがない。というより、碧人とは会う機会そのものも減っていた。あれ以来、碧人は学校を休みがちになっているのだ。

大事なライブが決まっているから練習しているのかもしれないけれど、それだけが理由とは思えなかった。少なくとも、最近彼は学校を休まなくなっていたし、遅刻もほとんどしなくなっていた。サボっている授業も以前よりは少なかったように思う。

これまでは、私がひとりぼっちにならないように碧人が気を遣っていたのだろうか。それとも、私と顔を合わせるのが気まずくなって、来なくなってしまったとか？

ただ彼の本心がわからず、モヤモヤとした日々を送るだけだった。

「世界、か……」

碧人に言われてから、私の『世界』は増えたと思っていた。学校ではこの踊り場がそうだし、校外だったら〝クローネ〟やライブハウスもそう。それから美幸さんや宗太さんという、新しい関係もできた。

でも……それは全部、碧人を中心としてできた『世界』だ。彼がいなくなれば、当然それらの『世界』はなくなる。いや、むしろこれは本当に新しい『世界』だったのだろうか？　これは『世界』ではなく『依存』だったのではないだろうか。

碧人は『世界』を精神的支柱だと言っていたけれど、私にとっては依存になってしまっていた気がしてならない。精神的支柱は心の拠り所。前向きな力を与えてくれるものだ。でも、そこに頼るようになると、依存に変わってしまう。精神的支柱は『これがあるから頑張れる』ものだけれど、依存は『これがないと何もできない』状態を指す。似ているようで、その違いは大きい。

最初、碧人が与えてくれた『世界』は私にとって間違いなく精神的支柱だった。そのおかげで学校生活に耐えられていたのだから。

けれど――いつしか、私は碧人がいないと何もできなくなっていた。どうやって休み時間や昼休み、放課後を過ごせばいいのかわからなくなってしまうほどに。

今にして思えば、中間試験の成績は私のそんな内面を大きく表していたのかもしれない。これまでと変わりなく授業もちゃんと受けていたし、勉強だってちゃんとしていたつもりだった。でも、結果はあの通りだ。

嫌がらせのせいでモチベーションが保てなかったからだ、と最初は思っていた。でも、そうじゃない。

私は……碧人と一緒にいる理由として、勉強を利用していたのだ。

それならば、成績は落ちて当たり前だ。勉強しているふりをして、彼と一緒に過ごす時間に満足していたのだから。勉強に身が入っているはずがない。

そこで、ふとお母さんと口論になった日に言われた言葉を思い出す。

『不良の男と夜遊びして、学校サボって、それで成績まで下がって……お母さんさすがに許せないわよ』

ああ、と思わず私は納得してしまった。

お母さんに指摘された通りのことが原因で、私は成績を落としていた。あの人はあの人なりにやっぱり娘をちゃんと見ていて、娘の本質を見抜いていたのだろう。私が碧人に現《うつつ》を抜かしていたせいで全てに身が入らなくなっていることに気づいていたのだ。

お母さんとはあの日以降ほとんど会話をしていない。同じ家で暮らしているので当然顔は合わせるのだけれど、最低限のこと以外は話さないようになっていた。

「私、お母さんに酷いこと言っちゃった……」

ちゃんと見てないくせに、母親ヅラしないでって。でも、お母さんは見ていないようでいて、ちゃんと見てくれていた。もしかしたら、私が碧人と一緒に歩いていたこともずいぶん前から知っていて、彼氏っぽい男の子がいることも察していたけれど、そのうえで何も言わなかったのかもしれない。

もしかして……碧人も、そうだったのかな。

ほぼ毎日一緒に過ごしていたけれど、それ以上の関係には進展しなかった。よくよく考えれば不思議なことだ。

碧人は私のことを女の子として見てくれていたし、時折その気遣いを見せていた。私の自意識過剰でなければ、きっとそういう対象として見られていたとは思う。でも、碧人はそれ以上関係を進展させようとはしなかった。むしろ、碧人の態度に私のほうがヤキモキした気持ちになってしまっていた。

でも、もし私が碧人に依存し始めていることを察していれば、どうだろう？　クズ臭を漂わせているくせに、根は優しいあの金髪男だ。もし自分に依存しているとなれば、これ以上依存させるようなことはしてはならないと思うのではないだろうか。

ああ……私、ほんとにバカだ。

碧人が特別視してくれて、一緒にいるだけで浮かれていて。本当は彼も困っていたのに、それにも全然気づかないで、どんどん碧人に縋《すが》ってしまっていて。もしかしたら、そんな私がめんどくさくなって、彼は離れてしまったのかもしれない。

碧人と話したいな……。

二階の廊下を歩いていると、不意に校庭の隅っこで揺れる金髪が目に入った。ひとり退屈そうに菓子パンを頬張って、ぼんやりとしながら時間を潰している。

今すぐ階段を駆け下りて、話し掛けに行きたかった。

勝手に依存してごめんって。これからはちゃんと自分の足で立つから、と伝えたかった。でも、同時にもうひとりの自分がこう語り掛けてくる。

『それって、ただ謝って元通りになりたいだけだよね？　結局依存してるじゃん』

私はその問い掛けに対して、どう答えていいかわからない。

そう……謝って、彼と過ごす時間を取り戻したいだけ。取り戻すためならきっと何度でも謝るだろうし、もっと彼が望むことをしようと思うだろう。依存しているからこそ、なんでもしようと思ってしまうのだ。それは碧人が最も望んでいないことにもかかわらず。

悩んだ末、私はそっとその金髪から視線を逸らしてその場を離れた。

私って……こんなにも弱かったんだ。

〝優等生〟のメッキが剥がれ落ちて、その後に手に入れた『世界』をも失って浮き彫りになったのは、何もない自分と誰かの支えがないと立てない弱い自分。こんな状態で碧人に話し掛けたって、またウザそうに拒絶されるだけだ。

いや、呆れてもう拒絶さえもされず、無視されてしまうかもしれない。今の私には、碧人に話し掛ける資格もないのだから。

こんな状態で、どうやって毎日を生きていけばいいんだろう？　どうやって学校生活を乗り越えればいいんだろう？

＊

碧人との関係が途切れて半月ほど経過したけれど、私の状況は変わらずだった。碧人のことを意識しつつも話し掛けられず、お母さんともまだギクシャクしたまま。教室では音楽を聴いて過ごし、昼休みは碧人と過ごした場所に行って、放課後は図書館で身の入らない勉強をして帰る——そんな日々を送っていた。

そろそろぼっちで過ごすことに慣れてきて、独りが苦痛に感じなくなってきた、とある昼休み。今日も屋上前の踊り場に行こうかと思って席を立った時、声を掛けられた。

「深春ちゃん。良かったらお昼、私達と一緒に食べない？」

なんと、同じクラスの椎名《しいな》さんがお昼に誘ってくれたのだ。

声を掛けてくれた椎名さんは、山本さん達とは違うグループの子で、私も何度かお昼を一緒に食べたことがある。山本さん達ほど陽キャではないが、陰キャでもない、いわゆる少し優等生寄りのグループの子だった。

私は少し驚いたものの、その誘いに乗ってみることにした。また新たな嫌がらせを受ける可能性がゼロなわけではないけれど、女子の間でこういった誘いがされる時は、大抵手を差し伸べられる時だ。周囲の情報を完全にシャットアウトしていたから一切事情はわからないけど、もしかしたら私を取り巻く環境が少し変わったのかもしれない。

そう思って椎名さん達のグループに入ってみると、色々事情が見えてきた。

まず、山本さんが私に攻撃をしてきた理由が、恋敵への宣戦布告や嫌がらせではなく、ただの八つ当たりだった、ということ。

佐伯くんが私に振られたことを知って、山本さんはゴールデンウィーク中に佐伯くんに告白をしたらしい。しかし、佐伯くんは私のことがまだ忘れられず気持ちの整理がついていないから、と山本さんを振ったのだという。

その結果、山本さんは私への憎しみを募らせて、嫌がらせを開始した……という情報が、つい最近山本さんの取り巻き連中からぽろりと漏れ出てしまったらしい。

それに対して、もともと山本さん達のやり方をよく思っていなかった椎名さんがなおさら彼女らに嫌悪感を抱いて、私に声を掛けるに至った。

ほんと、佐伯くんは余計なことばかりする男だ。

山本さんだって可愛いのだし、新しい恋でもして私のことなんて忘れてしまえばいいのに……と一瞬思ったが、そんなことできるわけないよね、と自嘲《じちょう》する。

ちらりと隣の碧人の席を見る。そこは今日も空席で、学校を休んでいるらしい。

また、椎名さん達が私をグループに誘ってくれた理由は山本さんの一件だけではなかった。私を弾いてしまったせいで、クラスのあれこれが色々上手く進まなくなっていたそうなのだ。

私はクラス委員とかではなかったけれど、四月に進級してからわりとクラス委員の仕事を手伝っていた。先生からも頼られることが多かったし、誰かが困っていたり仕事が立て込んでいたり、やる人がいない係があったりすると、自然と手伝っていたのだ。それは善意とかではなく、〝優等生〟の私としての癖みたいなものだった。

しかし、山本さん達の一件でクラスから無視され始めた頃から、私は一切手伝わなくなった。というか、孤立している状態で手伝えるはずがない。

その結果、色んなところで支障が出て、他のクラスの委員から未提出の資料について批難されたこともあったそうだ。どうやら陰ながら〝優等生〟として頑張っていたことが、最近になって評価されるに至ったらしい。

いなくなってから初めて大切さがわかる、というものだ。それは私だって同じ。碧人にどれだけ支えられていたか、彼がいなくなってから嫌というほど痛感した。

その日を境に、私は椎名さん達のグループに所属し始めた。優等生気質な子達で、みんな勉強もそれなりにしているので、もともと話の合うグループだったのも大きい。

それに、彼女達は良くも悪くも個人のことに深入りしてこないので、私にとっても居心地が良かった。

最初はどうしてもっと早く声を掛けてくれなかったのだろう、と疑問に思ったのだけれど、それはどうやら私が碧人と関係があると思っていたからだそうだ。〝優等生〟であるが故に、不良と付き合っているかもしれない私に対して、若干の恐怖心があったのだという。

しかし、その碧人とはここ暫く絡んでいる気配がない。そこで勇気を出して声を掛けてみた、というのがこの一連の流れだった。

その証拠に、最初に椎名さん達からは「三上くんと付き合ってるの？」と訊かれた。もちろん、私の答えはノーだ。

一応、碧人との関係は『ぼっちの私を憐れに思って絡んでくれてたんじゃないかな？』とぼかしてある。他にも、椎名さん達からは碧人のことについて色々質問されたけど、全てはぐらかした。碧人との関係をきちんと言葉にできない以上、私がどうこう言えることでもないと思ったし、あまり碧人との時間を思い出したくなかった。

彼との時間は刺激的で、楽しくて、でも癒やしも与えてくれて……きっと、あの時の私は幸せだったのだと思う。失ってから、あれが幸せだったと知った。その幸福感を思い出すと、どうしても辛くなってしまう。

そうこうしているうちに、梅雨の季節を迎えていた。

幸い、期末試験では、成績もすっかり回復していた。一生懸命勉強を頑張ったというより、ただ碧人との時間を思い出したくなくて、その逃避に勉強を利用していただけなのだけれど……やっぱり私の勉強の動機はいつだって不純だ。まあ、中間試験の汚名を返上できたなら良しとしよう。

また、椎名さん達のグループに所属することになって、私はまた四月の頃のようにクラスの用事を手伝うようになっていた。不良の碧人と付き合っていたわけではないということも明るみになったせいか、椎名さん達以外のグループの子達からも普通に話し掛けられるようになっていたし、お昼に誘われることも増えた。

それに対して、山本さん達は肩身が狭くなっているようだけれど、それも仕方がない。振られた腹いせで私を悪者に仕立てあげていたのだから、軽蔑されて当然だ。せいぜい後悔して、来年のクラス替えまで肩身の狭い思いをしてほしい。

この一連の流れを通して、なんとなく『元の世界』に戻ったな、と感じていた。

碧人と出会う前の、私の世界。〝優等生〟として過ごす、高校生活。そんなものが、戻ってきているように思えた。

しかしその反面、碧人との『新しい世界』は消えてしまいつつある。

彼とはもう言葉も交わさないし、私も彼を意識しないようにしていたから当然で。自然と、〝クローネ〟にも足を運ばなくなった。

バンドのSNSも見ないようにしているので、彼らが今どういった状況なのかもわからなかった。確か、渋谷DIOでのライブはもうすぐだけれど、あれからどうなったのだろうか。上手くいきそうなのだろうか。気になるけれど、訊けるはずがない。

あれだけ長い時間を一緒に過ごしたのに、それがまるで夢みたいに消えてしまっていて。いっそ夢だったら良かったのに、と思うけれど、私の記憶はしっかりと彼との世界を覚えていて。あんなにも満たされた世界を、忘れられるはずがなかった。

『元の世界』に戻っただけ。もともと住む世界が違ったから、元の棲み分けに戻っただけ。これで全てが丸く収まっているはず。

そう自分に言い聞かせているけれど、全然嬉しくなくて。私の心の中には寂しさと虚しさが募っていくだけだった。

## 2

「ねえ。何か三上くん、生活指導に呼び出されてたよ」

「え、マジ？　なんかやったの？」

「さあ？　女に手ぇ出し過ぎて問題になったとか？」

「出席日数じゃない？」

「最近見掛けないもんねー」

七月も中旬に差し掛かろうかという日。廊下を歩いていると、空き教室からそんな会話が耳に入ってきて、思わず足を止める。どうやら碧人が最近サボりや欠席が多過ぎたこと、さらには期末試験の成績も相まって遂に生活指導課から呼び出されて特別指導の対象になりそうなのだという。

確かに、最近の碧人のサボりっぷりはここ最近明らかに増えていたし、私でさえも単位大丈夫なのかなと心配するほどだった。案の定、全然大丈夫じゃなかったらしい。

特別指導の対象になると、内申点が大きく下がる。碧人は推薦など考えていなそうだからそこは問題ないとしても、指導を経ても改善がされなかったら、いよいよもって家族を交えての面談となる。碧人の家庭事情をうっすらと知る私からしても、彼がそれを望んでいないことはよくわかっていた。

前までなら「もうちょっと授業出たら？」と軽く注意できたかもしれない。でも、今の私には彼にそう忠告できるような立場ではなくて、その噂話も聞き流すことしかできなかった。

きっと、今の状況は碧人にとって良くないと思う。

それは私のせいなのか、あるいは他に何か要因があるのかはわからない。どんな事情があるにせよ、やはりちゃんと学校には来るべきなのではないだろうか？

……なんて。何カノジョ面してんだろ、私。カノジョでもなんでもないのに。

私は自嘲的な笑みを漏らし、小さく息を吐く。

『お前はどうしたいの？　どうなりたいの？』

ふと、碧人からされた質問を思い出す。

あの時の私は、この質問の答えを誤った。だからこそ彼は『距離を置く』という決断に至ったのだろう。

もし私が彼の望んだ答えをあの時に言えていたならば、私は今も彼の横で過ごせていたのだろうか？　もしそうだとすれば、彼が望んだ答えとは一体何だったのだろう？　そんなことを考えていると、生徒指導の札が掛けられた教室の引き戸ががらっと開かれ、金髪の生徒が出てきた。もちろん、碧人だ。

碧人は怠そうに扉を閉めると、視線を感じたのか、こちらをふと見やった。

その刹那に目が合って、一瞬だけ時間が止まる。

単位大丈夫なの？　とか、どうして最近授業出てないの？　とか、今度のライブ大丈夫？　とか……訊きたいことは、この一瞬でたくさん浮かんだ。でも、それらの言葉が喉元まで出かかっているのに、実際に言葉として出てきてくれない。

そうこうしているうちに、碧人は私から目を逸らして、そのまま背を向ける。

「あのっ……」

何か話し掛けようと、なんとか声を喉元から絞り出す。

碧人の足はその声に反応して、ぴくりと一瞬だけ止まった気がした。けれど――

「深春ちゃん、次体育だよ！　早く行こっ」

タイミング悪く、背後から椎名さんの声がした。一瞬止まりかけた碧人の足も、何事もなかったようにさっさかと私とは逆方向に進んで行く。

私は小さく溜め息を吐いてから笑顔を作ると、椎名さんに「うん」と答えた。

その後に、もう一度碧人のほうを振り返って見る。彼がこちらを振り返ることは、なかった。

＊

その翌日の放課後だった。今日は同じグループの子達がそれぞれ部活やらバイトやらで用事があるとのことで、ひとりで帰ろうかと昇降口で靴を履き替えていると、女子の会話が耳に入ってきた。

「あの校門で待ってる人誰だろう？」

「めちゃくちゃイケメンじゃない？　大学生かな？」

「この学校にカノジョいるのかな～。誰だろうね、羨ましい」

どうやら校門で大学生風イケメンが誰かを待っているらしい。

あんまりうちの学校ではそういったことがないので、確かに珍しい。でも、私には関係がないと思って、校門のほうへと歩いていくと――

「あ、来た来た。おーい、深春ちゃん！」

なんと、その校門で誰かを待っているらしい大学生風イケメンが、私の名前を呼んだ。慌てて声のしたほうを見ると、そこに立っていたのは私の知っている人だった。

茶髪ホストくん……ではなくて、〝カタカムナ〟のボーカルこと宗太さんだ。

「宗太さん!?　どうしたんですか？」

宗太さんが学校に来るなんて思いもしなかったので、さすがに私も驚いて声を上げる。その瞬間に、周囲の視線が私に集中した。最悪だ。

ああ、もうッ！　また変な噂立てられちゃう。この人もうちょっと考えてよ！

最近ようやく私にも安息の日々が戻ってきたのに、またビッチだとかなんだとか言われてしまう。もう勘弁してほしい。

私は内心で愚痴りながら「ちょっといいですか」と彼の腕を掴み、とりあえず校門

から離れようとする。すると、彼はきっと私が困っていることをなんとなく察したのだろう。すっとぼけた声で、

「ええ!? 深春ちゃん、どうしたの? まさか僕に惚れてた? もうっ、大胆なんだから～」

とかほざき出した。一回くらいひっぱたいてもいいかな、この茶髪ホスト。

「いいから、さっさとこっち来て下さい! もう変な噂立てられたくないんですッ」

私が不機嫌極まりない声色でそう返すと、宗太さんは「変な噂、ねえ……」と何やら意味ありげに笑っていた。

もう、ほんとに最悪だ。碧人周りの人間は私の平穏を悉《ことごと》くぶち壊してくる。これだからバンドマンは困るのだ。

「――で、一体何の用なんですか」

通学路から一本外れた路地にある公園まで宗太さんを引っ張ってくると、彼の手を離してそう問い掛ける。できる限りの冷たい目をして。

「そんな怖い顔しないでよ、深春ちゃん。可愛い顔が台無しだよ?」

宗太さんは近くにあったベンチに座り、悪びれた様子もなく言う。

ほんと、このチャラ男は息をする度に褒め言葉を言ってくるから怖い。やっぱり一度ひっぱたいたほうがいいだろうか。

「ご、ごめんってば。まさかあんなに注目されるとは思ってなくてさ。ほら、深春ちゃんも座ったら？」

私の表情から、本気で怒り始めていることを察したらしい。引き攣《つ》った笑みを浮かべて、私にベンチに座るように促してくる。

「それで……最近どう？」

不満げな態度のまま隣に座ると、宗太さんが訊いてきた。

「どうって、何がですか」

宗太さんのなんとも言いづらそうな様子に、私は首を傾げる。

どうと言われても答えようがない。ただ、声のトーンが少し低く、普段まとっているおちゃらけた雰囲気が消えていて、真剣な話をしたいということだけはなんとなく伝わってきた。

「あー、うん。まあ、単刀直入に訊くとさ、碧人、ちゃんと学校来てる？」

やっぱりそのことか、とそこで私も納得する。

「……あんまり、ですね。今日も休んでますし」

隠すことでもないので、私も正直に答えた。

宗太さんは私の返答に「やっぱり、そうだよねー……」と困った顔で肩を竦めた。

碧人については私も気になっていたところだ。ただ、学校では彼について話せる人がいないので、モヤモヤと自分の中で抱えるだけだった。

「バンドのほうもあんまりなんですか？」

「いや、逆だよ。バンドのほうを、頑張り過ぎてるんだ」

「頑張り過ぎてる？」

「うん。持ってくる曲の量も増えたし、平日のミーティングにも参加してさ。あとは『俺もSNSやったほうがいいのか』とかあれだけ嫌がってたSNSに関心を持ったり……それが悪いわけではないんだけど、ちょっと高校生がするバンド活動の領分《りょうぶん》を超えてるんじゃないかって心配してたんだよね。何に焦ってるのか知らないけど、どうにも空回りしてる感じもあるし」

宗太さんによると、毎週水曜日は碧人以外のメンバー全員が午前中に大学の授業がないことから、集まってミーティングをしているのだという。そのミーティングに最近碧人がいきなり参加するようになったのに加えて、前は月に一曲新曲を作ればいいほうだったのに、最近は毎週のように新曲を作ってきているそうだ。

バイトや学校と並行して行うには、明らかに無理があるスケジュール感。それに、曲のクオリティも決して高くなく、何か焦って量産しているように思えるほどだという。スタジオの練習でもどこか調子が悪いのか、何かしっくりきていないらしい。

それで、その真相を知りたくて確認しに来た――というのが、宗太さんが私を待っていた理由だった。

「深春ちゃんは、碧人の家の事情をどれくらい知ってる？」

「えっと……お父さんと仲が良くない、ということくらいは」

　私の返答が意外だったのか、宗太さんが「へえ……」と驚いたように目を見開いていた。

「……？　どうかしましたか？」

「いや、凄いなって。僕が知る限り、輝明や泰弘にも親のことは話してないはずだよ」

　それも意外だった。まさか、碧人が『自分の世界』と言っていたバンドのメンバーにまで話していないことを、私に話してくれていたとは。でも、それなら宗太さんはどうして知っているんだろう？

　宗太さんが、重ねて訊いてきた。

「具合的に、どういう事情なのかは知ってる？」

　その問いに、私は首を横にふるふると振る。

　そこだけは踏み込めなかった。お父さんとの関係を聞いてからは、余計に訊いてはいけない気がしたのだ。

「じゃあ、碧人が小学生の頃にいじめにあってたのは？」

「それは聞きました。あと、お兄さんがいるということと、お父さんからどういう風に言われたというのも、うっすらと……」

「ＯＫ。じゃあ、その辺は端折《はしょ》って話すね」

碧人には内緒だよ、と前置きしてから、宗太さんは碧人を取り巻く事情を話してくれた。

碧人が小学生の頃にいじめにあい、同級生に裏切られたことに加えて父親から弱者と罵られたことで、心に深い傷を負ったのは前に聞いた通りだ。しかし、実際もう少し事態は重く、碧人は塞ぎ込んで、不登校寸前になっていたらしい。そんな彼は、中学に上がった段階で苦しみと痛みを表現するラウドロックバンドに出会った。その音楽性と歌詞に感銘を受けて、ギターを始めたそうだ。

そこから徐々に碧人の様子も変わっていく。好きになったバンドの影響で髪を伸ばしたり染めたりして、更にはピアスも開け始めた。近所では『グレた』と評判だったらしい。ただ、そこで問題となるのは、やっぱり厳しいお父さんだ。地域に根づいた企業の社長であるお父さんは、碧人のその素行に激怒。そんなナリで高校はどうするつもりだ、と大喧嘩になった。碧人は碧人で『音楽で食っていくから高校には行かない』と反論し、危うく勘当される寸前だったそうだ。

そんなふたりの仲裁をしたのが、碧人が何一つ敵わないと言った優秀なお兄さん。お兄さんが仲裁に入ったことで、音楽の道を目指しつつ高校はちゃんと卒業する、というところで話は落ち着いた。以降、父親との不仲は続いており、家の中でも一切会話がないらしい。

「で、その碧人の〝優秀な兄貴〟の親友が僕ってこと」

宗太さんは最後に自分を指差した。

「そうだったんですか⁉」

予想外の事実がいきなり出てきて、驚いた。

宗太さんとお兄さんが結びついていて、だからこそ宗太さんは碧人のことを気に掛けているのだ。

「うん。あいつからさ、弟のこと頼むって言われてるんだよね。僕がバンドやってて、ちょうどギター探してたっていうのはあいつも知ってたから」

そんな繋がりがあったのか。お父さんとの喧嘩を仲裁したのもお兄さんだし、弟想いなんだろうか。

「お兄さん、碧人のこと大切に想ってるんですね」

「意外にブラコン入ってるよねー。まあ……ブラコンってより、父親の言いなりになるしかない自分に対して、そこに反発できて自分の人生を歩もうとしてる弟を応援したいっていう気持ちも、たぶんあるとは思うんだけどね」

「ああ……なるほど」

お兄さんのその気持ちは少しわかる気がした。

私も同じだ。私も誰かの望んだ人生を勝手に自分の生き方だと思って〝優等生〟としての自分を作り出し、〝優等生〟として擬態しながら生きてきた。そんな私からすれば、自分の生きたいように生きている碧人は、やっぱり眩しいし羨ましいし、応援したいと思ってしまう。

「ただ、ね……バンドのことを頑張ってくれるのは嬉しいんだけど、このままだと碧人、学校辞めかねないでしょ」

「それは……はい」

最近の碧人を見ていると、なんとなくそんな気がする。

前までは自分の気分でサボっているだけだったように思うけれど、最近は明らかに学校への拒絶の意思を感じる。

「学校を辞めてもバイトで一人暮らししながらバンドすればいいって碧人は思ってるのかもしれないけど、それだとお父さんとの約束も果たせないことになるわけだし、あいつの兄貴が仲裁した意味もなくなる。そうなったら僕は僕で親友からの信用を失うわけで、逆に恨まれる可能性さえあるってわけ」

それに、と宗太さんは少し意外な言葉を紡いだ。

「僕も、碧人には学校にちゃんと行ってほしいと思ってるしね。できれば大学も行ってほしいと思ってるくらい」

「大学も、ですか？」

「意外かい？」

「はい。大学なんて行かなくていいって言うと思ってました」

確かに碧人以外のメンバーはみんな大学生だけれど、彼らはバンドでプロを目指している。プロになるつもりなら、そもそも大学なんて通う必要はないと考えるのが普通だと思っていた。

「まさか。大学は行ったほうがいいよ。深春ちゃんも、特別にやりたいことがないならとりあえず行ったほうがいい」

「どうしてですか？」

「人生の〝潰し〟がまだ利くからだよ」

宗太さんははっきりとそう言った。

それもまた意外だった。バンドマンはみんな夢を追っていて、後先がどうとか考えているイメージがなかったからだ。

「この日本という国では、なんだかんだ学歴で選択肢が広がることがあるんだ。特に、バンドマンなんて潰しが利かない職だからね。一見自由そうに見えるかもだけど、全然安定なんてしないし、成功しない可能性のほうが圧倒的に高い。夢を追う以上、夢を諦めた時にどう生きるかも考えておかなきゃいけないんだよ」

「諦めることも考えているんですか……？」

私は胸にほんの少しの痛みを覚え、不安げに訊いた。

私から見ると〝カタカムナ〟は才能があると思うし、碧人にも夢を追ってほしいと思っていた。そのバンドの顔である宗太さんが、夢を諦めることも視野に入れているのがちょっとショックだった。

「あ、不安にさせちゃったならごめん。もちろん簡単に夢を諦める気はないよ。僕らは僕らの才能を信じているし、売れると信じてる。でも、それでも売れるかどうかなんてのはわからないんだ。誰かが何かの事情でバンドを続けられなくなるかもしれないし、才能があってもタイミングに恵まれなければ成功しない。挫折する可能性だって十分ある。実際に成功できるのは、才能と努力と運を全部兼ね備えたバンドだけだからさ……」

厳しい言葉だった。でも、きっとそれが現実なのだろう。

実際に、碧人と関わるようになってから私もたくさんインディーズバンドの情報を目にするようになった。才能もあるし、上手いなぁと思うバンドもいるけど、SNSの数字はいまいちだったり、逆にあんまり上手くないのに数字だけは取っているバンドもいる。これも、才能があるだけでは必ずしも上手くいくとは限らないという例だろう。私が知らないだけで、そうして埋もれていった才能はきっとたくさんあったんだと思う。そんな厳しい世界に身を置いているからこそ、宗太さんは現実も受け入れている。自分達も埋もれるバンドの一つになるかもしれない、ということも含めて。

「そうなってしまった場合に、碧人にも色々な選択肢を持てるようにしてほしいんだ。僕らはみんな大学を出るけど、碧人だけが高卒だったら色々不利なわけじゃない？ それはやっぱり、親友から弟を任されている僕からしても、心苦しいわけ。そういった意味でも深春ちゃんみたいな子が傍にいてくれるっていうのは、僕にとっても安心だったんだよ。こっちの『世界』だけに染まらずに済むから」

　宗太さんが世界という言葉を出して、はっとする。

　もしかすると、碧人も今、そのバンドという『世界』に依存しそうになっているのではないだろうか？　私が碧人との『世界』に依存しそうになっていたのと同じように。そこに宗太さんも危機感を覚えているのかもしれない。

「でも、最近碧人の口から深春ちゃんのことが全然出てこなくなってさ。訊いてみてもなんだかはぐらかされちゃうし、学校サボって僕らのミーティングにも出るようになるし……それで、ちょっとどういう状況なのかを聞きに来たってわけ」

　宗太さんが碧人を心配する理由も、私に話を聞きに来た理由もこれでわかった。親友から弟を任されている立場上、そして同じ夢を追う仲間であるが故に、宗太さんは碧人のことを心から心配しているのだ。

「事情はわかりました……けど、今の私で力になれるとも思えません」

「碧人とはやっぱり喧嘩しちゃった？」

「喧嘩って言うんでしょうか……その、私もあまりわからなくて」

「もし良かったら、事情話してみてくれない？　碧人にはもちろん内緒にしておくからさ」

　宗太さんに促され、私はほんの少し迷いながらも、ゆっくりと頷いた。

　実際に、私もひとりではどうしようもない状態だったし、何をすればいいのかもわからなかった。でも、宗太さんなら何かいいアイデアがあるかもしれない。

結局、話せることは全て話すことにした。

「なるほど、ね。まあ、碧人の様子見てれば深春ちゃんとも上手くいってないのはなんとなくわかってたんだけどね」

私の話を全て聞き終えると、宗太さんは肩を竦めてこう私に問いかけたのだった。

「それで、深春ちゃんはどうしたいの？」

「え……？」

「君はどうしたい？　誰に、何をしてほしいの？」

その質問に、私は固まってしまった。

碧人にされた質問と同じだ。この質問に答えられなかったから、碧人は私から離れた。でも、私にこの質問の答えは——

「わからない、はナシね？」

まるで私の思考を読み取ったかのように、宗太さんは悪戯《いたずら》っぽい笑みを浮かべた。

ナシと言われても困る。私には本当に、その質問の答えがわからないのだ。これまでも、一度も考えたこともなかった。

誰かが答えを言ってくれたならば、その答えに自分を合わせに行くことはできる。でも、その逆は無理だ。やったことがないので、自分が何をしたいのかなんてわかるはずもない。

宗太さんは固まったままの私に困ったような笑みを向けると、重ねてこう問い掛けた。

「深春ちゃんはさ、きっとこれまで『誰も私のことをわかってくれない』って不満に思って生きてきたんじゃないかな？」

彼の言葉に、私はびくりと身体を強張らせた。

図星だった。誰も私の苦労なんてわかってくれない、お母さんも先生もクラスメイトも、誰も私の大変さなんてわかってくれないと思って生きていた。

「その反応を見る限り、正解かな？　じゃあ、もう一つ訊くよ？　深春ちゃんは、誰かのことをどのくらいわかってる？　お母さんのことも、碧人のことも、どのくらいわかってるのかな？」

「それ、は……」

核心を突く宗太さんの質問に、私は口を噤《つぐ》んだ。もちろん、答えられるはずがない。そうだ。私は自分のことをわかってくれないと不満に思うばかりで、誰かのことを考えただろうか。理解しようとしただろうか。

実は、考えたことなどなかったのかもしれない。いつもいつも自分が一番大変だと考えてしまっていて、誰かのことを理解するに至っていなかった。

「そう、わかってないんだ。深春ちゃんも、お母さんや碧人のことをわかってなかったんだよ。君がわかってもらえないのと同じようにね」

宗太さんは私の沈黙を肯定し、こう続けた。

「でも、それは仕方ないことなんだよ」

「仕方ない、ですか……？」

「うん。これぱっかりは仕方ないんだ。別に深春ちゃんが悪いわけでも、お母さんが悪いわけでも、碧人が悪いわけでもない」

彼はそこまで言うと、ベンチから立ち上がって、ステージで振る舞うみたいにくるりとこちらを振り向いた。

「だってさ、僕らはそもそもわかり合えないから。どれだけ親しい人でもわかり合えない。だって、別の個体だからね。パソコンやスマホみたいに同期できれば楽なんだけど、残念ながら人類にはハブも同期機能もないわけだ」

悲しいけどね、と宗太さんは首を竦めてみせて、少し演技じみた溜め息を吐く。

それは確かに悲しいことだった。そうならば、人は誰のことも理解できず、そして誰からも理解されず、永遠に孤独に生きなければならないことになるのではないだろうか。

彼はそこで「でも」と前置きして、こう問うてきた。

「僕らには、パソコンやスマホにはない武器が与えられている。それは、何かわかるかい？」

「パソコンやスマホにない武器、ですか……？　なんだろう？　意思伝達、とか？」

私は首を傾げて、思い浮かんだ言葉を言った。

色々あると思うが、この文脈で言うと気持ちや考えを伝えるといった意味合いだと思ったからだ。

「半分正解。正確に言うと、言語と思いやり、だと僕は思ってるよ」

「言語と思いやり……」

「そう。ご存知の通り、僕らには言語がある。その言語を用いて、相手に自分の気持ちを伝えられるんだ。人はそうやって気持ちを他者から伝えられるから、相手の気持ちを理解できて、思いやれる。それが、僕らの武器。同期はできなくても、相手の気持ちを想像することはできるんだよ。今こんな感じかな、こうしたいのかなって。考えたことあるでしょ？　無意識にそうして僕らは生きていると思うから」

私はこくりと頷いた。言われてみればそうだ。それは私が〝優等生〟であろうとした理由でもあるし、私を〝優等生〟たらしめているものでもあった。

お母さんは私が〝優等生〟であることを望んでいたし、そうであるほうがお母さんも楽だと思ったから、私は〝優等生〟であろうとした。クラスで困っている人がいたり、これをしなかったら誰かが困るだろうなと想像していたからこそ自分から動いたりしていた。そして、そうした行動が〝優等生〟としての私を形成していたのだと思う。

「でも、深春ちゃんはどうだい？」

「言葉で何も伝えていないのに、相手に思いやりや理解を期待していないかい？」

「えっ……？」

「そうかも、しれないです……」

私は宗太さんのその言葉に、何一つ反論できなかった。

私はお母さんにも、碧人にも、クラスメイトにも、担任の鈴本先生にも、誰にも自分の意思や気持ち、本音などを伝えたことがなかった。それにもかかわらず、彼らからの理解を求めていた。挙句に理解されないから、『誰も私のことなんてわかってくれない』と内心で諦めてしまっている。

「深春ちゃんに必要なのは、それなんじゃないかな？　思い出してみて。碧人とのやり取りを。どうして彼が、心を許していた君から距離を置こうと思い、いきなり立ち去ってしまったのか。きっとその答えこそが、君はどうしたいのか、どうなりたいのか、誰にどうしてほしいのかってところに結びつくんじゃないかなって、僕は思うんだよね」

宗太さんは最後におどけたような笑顔を見せてから、ポケットの財布から一枚のチケットを取り出した。

「……ってところで、僕のお節介はこれでおしまい。これを渡しておくから、後は自分で考えて」

チケットに記載された文字を見ると、明日の日付とイベント名、開催場所の記載があった。

〝カタカムナ〟が出演する、インテクトレコード主催イベントの招待チケットだ。

「ライブのチケット……？」

「そう、僕らの勝負の日。もちろん、来いとも来るなとも言わないよ。来てもいいし、来なくてもいい」

宗太さんは一旦、言葉を区切ると、じっと私の目を見て続けた。

「僕らは自由主義社会の中で生きてるんだから、だから、自分がどうなりたいか、どこへ行きたいかを決めるのは、基本的に自由なんだ。深春ちゃんも自由に決めるといい。君はどうしたくて、どうなりたいのか……それを決めるのは、君以外いないんだから。その決断から逃れていても、待っている未来は今と同じ『どうして私が』『誰もわかってくれない』なんじゃないかな？　ま、それはそれで日本人らしくて好きだけどね、僕は」

そこまで言い切ると、私の手にそっとチケットを握らせた。折れ曲がらない程度に、優しく。

そして、そのまま「じゃあね」と彼は公園を後にした。

私はただポツンとその場に取り残されたまま、じっとチケットを見つめていた。

それからどれくらい時間が経ったのかわからない。夕日が完全に沈んでしまっているので、一時間近くこの公園にいるのは間違いないだろう。

私は相変わらずチケットを握り締めたまま、先程の宗太さんの話とこれまでの碧人とのやり取りを思い返していた。

今と似たような話を、碧人ともしたことがあったはずだ。その中に、彼の本心があったのではないだろうか。

碧人はきっと、私が自分に依存し始めていたことに気づいていたのだろう。だから、これ以上依存しないようにしてくれていた。私の世界が、碧人だけになってしまわないようにしてくれていたのだ。

『お前はどうしたいの？　どうなりたいの？』

今になってみればわかる。この質問には、一つの本音が隠されていた。

彼が問いたかった本当の質問は、こうだ。

『お前は（俺と）どうしたいの？　（俺と）どうなりたいの？』

これこそが、彼が私に問いたかったことだったのかもしれない。

それに対して、私は『わからない』と答えてしまった。その答えを聞いて、彼は私のもとを去ったのだ。

「ああ……そっか。そうだったんだ」

そこで、私はようやく自らの犯していた過ちに辿り着いた。一番初歩的で、でも一番大切なことを彼に伝え忘れている。

碧人と過ごすことが嬉しいという感覚。一緒にいると満たされて幸せになるという気持ち。

そう……私は、碧人に一度も『好き』だと伝えていなかったのだ。

「……私、ほんとバカだ」

こんな簡単なことに気づいていなかった。

何も難しくない、とても簡単な問題だった。私が自分の気持ちにもっと正直になって、素直になっていれば何も問題など起きなかったというくらいに、簡単なすれ違い。母親や担任、他の人達から何を言われても恥じる必要などない。そんな噂や人からの意見よりも、私の、いや、私達の意思のほうが大事だと彼は暗に言ってくれていたのだ。

私は自分の意思を伝えるのが苦手だった。ずっと、本音を押し留めて生きてきたので、それも無理はない。碧人はそんな私の性質に気づいていたから、自分の気持ちを伝えられなかった。本当は好きでなくても、碧人に依存しつつあったあの状況ならば流されて承諾してしまうかもしれない――おそらく彼はそう考えたのかもしれない。でも、そんな中でも彼はずっと伝えてくれていた。私と一緒にいることで、彼は自分の気持ちを伝えてくれていたのだ。『俺はお前が好きだ』って――。

「……碧人のバカ。わかりにく過ぎるよ」

彼の本心に辿り着いた時、私の頬に一滴の涙が伝った。

わかりにくいし、私に似て不器用だ。これで気づけというのは、少し無理がある。

でも、彼としてはそうせざるを得なかった。私があまりに自分の気持ちを伝えるのが下手で、考えるのに慣れていなかったから。依存しそうになっていた私を見て、余計に彼は自分の気持ちを伝えられなかったのだ。

だからこそ、碧人は私に委ねるしかなかった。最後の最後まで、碧人は私が『どうしたいのか』を私自身の意思で決められるようにしてくれていた。

その優しさを想うと、涙が止まらない。

どれだけ優しいのだろうか？　自分の欲求とか気持ちとか、そんなものを全部押し留めて、私が自分で決断するのを待ってくれていた。そして、決別だと思っていた言葉もよくよく思い出してみれば、全くその意図ではない。

『そのまんまの意味だよ、バカ。もう話し掛けてくんな。少なくとも、さっきの質問に答えれるまではな』

さっきの質問に答えられるまで——つまり、私がどうしたいのか、どうなりたいのか。私がその答えを見つけられるまで距離を置く、と彼は伝えてくれていた。

「ほんと……優しいくせに、肝心なところは不器用だよね。あんな風に言われたら、普通嫌われたって思っちゃうよ」

膨れ上がる、好きという気持ち。ずっと抑えつけていた彼への想いで、胸が溢れそうになる。

ちゃんと、伝えよう。私の決意と、私の本心を。明日、彼のステージを観た後に。

彼らの勝負を賭けたステージを観た後に、私は私の勝負に出よう。

でも、その前に。私は私で一つケリをつけなければならないことがある。まずはそちらを片づけるのが、きっと通すべき筋だろう。

そう決意すると、涙を拭いて家路に就いた。


「お母さん、疲れてるところごめん。話したいことがあるの」

家に帰るや否や、日勤の仕事から帰ってきてリビングで寛《くつろ》いでいたお母さんに、私はそう申し出た。避けられているものだとばかり思っていたらしいお母さんは、驚いた顔でお煎餅を咥《くわ》えたままこくりと頷いた。一旦、部屋に戻って部屋着に着替えてからリビングに戻ると、お母さんは私のぶんのお茶も淹れて待っていてくれた。

「それで……話って、何？」

食べな、と言わんばかりにお母さんはテーブルの上にあった茶菓子をこちらに向けてくる。しかし、私は小さく首を横に振って、そのまま頭を下げた。

「この前は、酷いこと言ってごめんなさい。今更母親ヅラしないで、なんて……最低だよね。本当にごめん」

お母さんは少しびっくりしたような顔をしていたけれど、「いいのよ」とすぐに柔らかく微笑んでくれた。

「私も自分の仕事ばっかりで、あなたがいい子なのに甘えていたのは事実だったから……たくさん、苦労掛けたよね」

お母さんは「本当にごめんね」と謝り、私に頭を下げた。

その姿を見て、じわりと瞼の裏が熱くなった。やっぱり、お母さんだって何もわかってくれていなかったわけじゃない。わかっていたけれど、話す切っ掛けがなかっただけなのだ。

「えっとね……今日話したいのは、実はその私が〝いい子〟っていうのにも関係してるんだけど……その、」

頭の中で文章を考えながら、言葉を絞り出していく。

家に帰りながら構成は考えたはずなんだけど、今のやり取りで全部吹っ飛んでしまった。私は台本にないことをするのが本当に苦手だ。

「ゆっくりでいいのよ」

「え？」

「お母さん待ってるから、ちゃんと話して。こうして、深春から話したいって言ってくれたの、初めてだから」

「……うん」

またお母さんの言葉で泣きそうになってしまった。

今まで全然母親らしいことなんてしてくれなかったくせに、こういう時だけほんとにずるい。

私は一度深呼吸すると、ゆっくりと話し始めた。

「私……お母さんに自分のことわかってほしいって思いながら、全然話してなかったって気づいたの。それで、今までちゃんと話してこなかったから、この際だから全部話したいなって思って」

それから私は、お母さんに自分の気持ちを正直に伝えた。

これまでどんな思いだったか、どれだけ気を遣っていたか、それと同時に、どれだけお母さんに感謝もしていたか。言葉にすると恥ずかしかったけれど、でも、お母さんは瞳を潤ませながら、言葉通りしっかりと聞いてくれていた。

それだけじゃなくて、本当は生粋の優等生でもないことも話した。お母さんを安心させるために始めた〝優等生〟になる努力が、いつの間にか自分の中に染み込んでしまっていて。気づけば、そうした擬態に生きやすさを覚えてしまっていたことについても。

「ずっと〝優等生〟でいられたはずなんだけどね……二年生になってから、上手くいかなくなって。それで、私クラスメイトに嫌われちゃって」

それから、高校二年に上がってからのことについても触れていく。

一年生の頃にクラスメイトだった男の子に四月末に告白されたこと。それが、今のクラスメイトの女の子が好きだった男の子で、その子に告白が伝わって逆恨みされたこと。それが切っ掛けで、クラスメイトから無視されたり、嫌がらせを受け始めたことも全部話した。

嫌がらせを受けた、というところでお母さんが口を挟んでこようとしたけど「最後まで聞いて」と軽く制する。ここで嫌がらせやいじめの方向に話が逸れてしまうのは私の思うところではない。実際、もうそれはなくなっているわけだし。

「初めて学校生活でミスして、ぼっちになって……凄く心細くて落ち込んでたんだけど、そんな時に私に手を差し伸べてくれたのが、碧人」

碧人っていうのはお母さんが不良って言った男の子ね、と補足すると、お母さんは苦い笑みを浮かべた。

「碧人はね、ずっと一緒にいてくれたんだよ。付き合っていたわけでもないし、友達だったのかさえもわからないけど……でも、私にああしろともこうしろとも言わなくて、ずっと私が自分で物事を決められるようにしてくれていて。ずっと、私のことを支えてくれていたの」

ああ、だめだ。碧人のことを思い出すと、また涙腺が緩みそうだ。

私は洟を啜って一呼吸置いてから、言葉を紡いでいく。

「確かに見た目はね、全然信用できないんだよ？　目つき怖いし、耳はピアスだらけで金髪だし、バンドマンだし、チャラそうだし」

そこまで言うと、お母さんがぷっと吹き出した。

「なあに、それ。ボロクソじゃないの」

「だって、事実なんだもん」

お母さんが笑っているのを見て、私も自然と笑みを浮かべていた。

確かに、見た目のことをけちょんけちょんに言っている。とてもではないが、好きな人を評価する時の言葉ではない。

「でもね、ほんとにそれは見た目だけの話で……実際は私が嫌がることとかしないように、凄く気を遣ってくれてた。私が自分の気持ちとか、本音とか……そういうのを上手く表現できない人間だっていうのも見抜いてて、言葉の断片とかから本音を拾ってくれてて。私のしてほしいこととかも察してくれてて、私が自分の本音を話せるように促してくれててね。凄く、優しいんだよ。不器用で、自分だって気持ち伝えるの下手なくせにさ」

ああ、本当に不思議だ。

こうして碧人のことを話しているだけで、胸がポカポカとあたたかくなってくる。幸せな気持ちで満たされてきて、彼に会いたいと思ってしまう。碧人のことならずっと話せる気がしてきた。

もしかしたら、こういった気持ちで女の子達は恋バナをしているのだろうか。今まで恋なんてしたことがなかったから気持ちがいまいちわからなくて、適当に相槌を打って合わせるだけだったけれど、今なら私も参加できそうな気がする。

「お母さんが不安に思っていることなんて何もされてなくて。ただ、碧人は私の新しい居場所になってくれてただけなの。確かに、そこがあまりにも居心地が良かったから、お母さんの言ってた通り気が抜けちゃったところもあるんだけど……でも、もう大丈夫だから。そういう心配はしないでほしいな」

「うん……それで？」

お母さんは柔和な笑みを浮かべると、こう続けた。

「深春は、どうしたいの？　どうなりたいの？」

お母さんからの問いを聞いて、私は思わず微苦笑を浮かべた。

また、この質問だ。一体私はこの数カ月で何度この質問を浴びせられたのだろうか。

一生分は訊かれたに違いない。

でも、私はもう答えに窮したりしない。迷ったりもしない。自分のすべきこと、うん、したいことがしっかりと見えているから。自分の本音に向き合ってさえいれば、この質問に困ることなんてない。

「あのね、お母さん。私ね……」

頬に熱が帯びていくのを感じながら、にっこりと嬉しさを表情に浮かべる。

そして——私は自らの本心を、初めて人に伝えた。

3

渋谷DIOは、渋谷のライブハウス街のど真ん中にある比較的大きなライブハウスだ。プロデュースしたのが有名な海外アーティストらしく、内装もクラブみたいで私がこれまでに行ったライブハウスよりもずいぶんと綺麗だった。

一階客席のど真ん中に巨大な柱が鎮座しており、客席を前後に分断するように四本の柱が並んでいて、後ろのほうにいるとステージがかなり見えにくい。最後方になると、どこに行ってもいずれかの柱に視界が遮られてしまい、ステージ全部を見ることは難しかった。

こんなにおっきな柱があるなんて聞いてないよ。早めに来ておいて良かった……。ギリギリに来ていたら柱の後ろになるところだ。せっかくの碧人達の晴れ舞台を柱なんかに邪魔されたくない。おそらく碧人は今日もステージ上手側にいるだろうと思い、真正面に見られる場所を確保した。

まだオープンしたばかりなのに、凄い人……こんなに入るんだ。

開場したばかりで、またイベント自体は始まっていないのに、隣の人とかすかに肩が触れ合う距離感。私の少ないライブハウスキャリアでは間違いなく一番大きなイベントで、人の密度に慣れなくて居心地が悪かった。

これまではライブハウスに来ている、という気持ちだったのだけど、今回はコンサートを観に来ている感覚になってしまう。やっぱり普段のイベントとは別物だ。

今日はインディーズレーベルのインテクトレコード主催で、碧人達〝カタカムナ〟が出演する大型イベント。トリにはレーベル所属アーティストの有名バンド〝レイドストーム（通称：レイスト）〟が出演するので、集客力も碧人達が普段出ているイベントとは段違いだ。一般的なライブハウスでは、広いところでもキャパシティが三百人程度で、百人を超えるとかなり人が入っている印象になる。実際には二百人を超えたあたりでソールドアウトにするかどうか、という検討がされるそうだ。しかし、ここ渋谷ＤＩＯはキャパシティが最大五百人と倍近くに設定されており、今日はソールドアウト間近ということで、四百人以上来場することはおそらく間違いない。宗太さんが勝負の日と言っていたのは、有名なインディーズレーベル主催というだけでなく、この動員数の多さもあった。このイベントで爪痕を残すのか、それとも喰われるのかどうかでバンドの行く末を大きく左右するらしい。

急遽出演の若手バンドということもあって、〝カタカムナ〟は今日のトップバッターだけれど、それでも普段のイベントの動員数とは大違いだ。今後のバンドの動員増加に繋がるかもしれない勝負の日でもあり、あわよくばレーベルの人から目をかけてもらえるかもしれない。そういった意味でも大切なイベントだ。

碧人、私のこと見つけてくれるかな。

いつもよりも圧倒的に動員が多いことに加えて、碧人は今日私が来ることを知らない。これだけお客さんが入っていると、きっと私なんて視界に入らない。

でも、それでもいい。今日は私が自分の意思でここに来た。碧人達の勝負を見届けたいと思った。意思らしい意思がなかった私の人生においては、それが何よりも大切なのだから。

開場してから三十分ほど経つと、客席の照明が落ちた。開演の合図だ。

〝カタカムナ〟オリジナルの入場ＳＥ《サウンドエフェクト》がスピーカーから流れて、ベースの輝明さん、ドラムの泰弘さん、それからギターの碧人、ボーカルの宗太さんの順に入場してくる。

あれ……？

やっと始まる、と思ってワクワクしていた矢先、私はステージに上がった碧人に違和感を覚えた。なんだか、いつもの覇気がない気がしたのだ。

いつもはステージに入場してきた時点でオーラを放っているのに、今日はそのオーラがない。どちらかというと、不安そうな顔をしている気さえする。

もしかして、緊張してる……？

初めての大舞台で緊張しているのかと思ったけれど、どうもそれだけではないような気がする。緊張なら宗太さん達からも見て取れるが、碧人の表情からは緊張以外のものも感じた。彼がいつも持っている自信というか、ふてぶてしさみたいなものがない。本当に、自信のない高校生ギタリストが初めてステージに上がっているような感じ。少なくとも、私が観てきたこれまでのライブでは見たことがない姿だ。

そうした違和感が拭えないまま、ドラムのカウントから演奏が始まった。

〝カタカムナ〟のライブが始まった――けど、なんだか肩透かしを食らったかのように、しっくりこない。彼らの演奏が始まった瞬間から迫ってくるはずの音圧が、今日はなかった。

どうしたの？　機材トラブル……？

一瞬そう思ったけど、そういう感じでもない。メンバー達も違和感を覚えているのか、宗太さんが困惑した様子でドラムの泰弘さんを見て、その視線を受けて泰弘さんがベースの輝明さんに視線を送っているけれど、輝明さんも首を振る。

その刹那、三人の視線がステージ上手側のギタリストに向けられた。

「あっ……」

各パートの音をよく聴き分けてみると、違和感の原因は明白。碧人の演奏だけがズレてしまっている。

碧人だけリズムがズレてしまっていて、演奏からグルーヴが損なわれていた。もちろん碧人もそれに気づいていて、なんとか戻そうとしているのだけれど、それが焦りとなって普段ならしないようなミスを重ねてしまっている。

碧人の顔には普段の不遜さもふてぶてしさもなく、その表情はどんどん焦燥感に染まっていた。普段のライブでは周りを見て強気な笑顔を振りまいているのに、今日は笑顔どころか、視線はずっとギターのネックにある。

　そこで、『何に焦ってるのか知らないけど、どうにも空回りしてる感じもある』と宗太さんが昨日言っていた言葉を思い出した。きっと、最近の碧人は彼らの前でもこんな感じだったのだろう。

　ずっと見たかった、ステージの碧人。でも、その姿は普段のそれとは全く違っていて、まるで水中で上手く呼吸ができていない魚のようだ。宗太さんが心配するのも無理はない。碧人は周りが見えておらず、音を逃しているのか演奏はどんどん酷くなっていった。ギターの単音弾きのところも音を外してしまい、周りの人達も「ないわ」と顔を顰《しか》めて首を横に振っている。

　こんなんじゃないのに……碧人はこんなんじゃないのに！

　悔しかった。碧人はもっと凄いのに。何も音楽なんて知らなかった私を一瞬で虜《とりこ》にしたのに。それが何一つ伝わっていないのが、本当に悔しい。

　頑張れ、頑張れ……！

　焦燥感に襲われて不安そうにギターを掻き鳴らす想い人に、そう念じた。

　彼の焦りが私にも連鎖してきて、心臓が嫌な音を立てる。爽快感からはほど遠いビートを心臓が刻み、焦燥感を全身の血液に届けていた。

　碧人の気持ち、私にも連鎖してるよ？　でも、これじゃないよね？　碧人がステージからみんなに届けたいのは、こんな気持ちじゃないよね？

碧人が以前私に連鎖させた気持ちは、こんなんじゃなかった。凄く落ち込んでいて、明日からどうしようって悩んでいた私の不安や恐怖なんかを全部吹き飛ばすくらい『楽しさ』を齎《もたら》してくれたのだ。

それなのに、今日の彼は相変わらずじれったそうに仲間達の音を追っているだけだった。全然追いつける気配もなくて、どんどん音と気持ちがズレていっている。その様子には、宗太さん達も困惑の色を隠せていなかった。

このままじゃ、今日のライブは失敗に終わる。それは明らかだった。

「碧人……！」

自然と彼の名前を呟いていた。

届かないなんてわかってる。これだけの爆音が鳴り響いている中で、私の肉声なんて届くわけがない。

でも、それでも私は、こんな碧人を見ていたくなくて、本当の彼を見たくて、自分の声帯にできるだけの力を込めて、もう一度叫んだ。

「――碧人、しっかりしてよ！」

私の渾身の声はステージまで届くことなく、瞬く間に爆音の前に掻き消されてしまった。当たり前だ。私の肉声一つがライブハウスの爆音を凌駕できるはずがない。

しかし――その刹那。

碧人が誰かに呼ばれたように、はっと顔を上げた。

これまでギターのネックに釘付けになっていた視線が、ゆっくりと客席に向けられて……ずっと彼を見つめていた私の視線と、交差する。

一瞬だけ時間が止まったかのような感覚が、私と碧人の間に流れた。かと思っていると——碧人はニッと私に八重歯を見せて、優しく微笑み掛ける。

「あっ……」

その笑顔は、これまでのライブで見た笑顔とは少し違っていた。楽しい、という気持ちだけでなく、どこか安らぎさえ感じさせてくれるような笑顔。

ライブで見たのはもちろん初めてだ。周囲の碧人のファンであろう人達もはしゃぎ合っていた。

でも、私は彼のこの笑顔を知っている。それは……私とふたりでいる時に見せる、私にだけ見せてくれていた笑顔なのだから。

ずっと碧人と視線を重ねていると、彼は私のほうを見たまま『ばーか』と唇だけ動かした。バカってなんだしとは思ったが、どうやらそこで一回気持ちをリセットできたのだろう。曲のアクセントに合わせてギターのコードを大きく鳴らすと、碧人はステージ中央にあるお立ち台に上り、両手で自らの両頬をパァンと叩いた。

一瞬、その奇行に私も宗太さん達も周囲のお客さんも「えっ」と驚いた。

しかし——手のひらが頬から離れた時には、ギラギラとした目つきが蘇っていて、不遜な笑みから八重歯を覗かせていた。

そこにいたのは……いつもステージで見る碧人だ。

次の小節頭からしっかりと演奏に入り直し、一気に演奏にグルーヴが芽生える。その瞬間に興味を失いかけていたお客さん達も顔を上げて、〝カタカムナ〟の演奏に心を奪われていた。

宗太さん達もほっと安堵の表情を見せ、ライブ中に碧人にちょっかいを出しに行っている。そこからはいつも通り。私の知る〝カタカムナ〟の圧倒的なライブパフォーマンスがおよそ二十分ほど続き、最後は彼らの代表曲『帰蝶』で締めくくられた。彼らの演奏は私にもお客さんにも存分に『楽しい』を伝えたようで、演奏が終わって幕が降りた後も歓声が暫く鳴りやまなかった。

いつもよりもヒヤヒヤしたライブ。でも、少なくとも私が観た中では、一番いいライブだった。


「いやー……ほんと、深春ちゃんには助けられたよ。来てくれてありがとね。きっと深春ちゃんがいなかったら、今日のライブ終わってたもん。もう、ほんッとに焦ったんだから～！」

出番終わりの転換時間、片づけを真っ先に終えた宗太さんは誰よりもまず私のところに駆け寄ってきた。

物販席は友達のスタッフに任せているらしく、出番後はお客さんへの挨拶周りや営業に集中するそうだ。そんな中で招待客に過ぎない私のところへ真っ先に来るあたり、本当に今日のライブは危うい状況だったのだろう。

　宗太さんは不調極まりなかった碧人が私の姿を確認してから復活したところをしっかりと見ていたらしい。あの視線のやり取りを第三者に見られていたと思うと、ちょっと恥ずかしかった。

「でも、やっぱり僕の言った通りだったでしょ？」

「え？　何がですか？」

「碧人の傍には君がいるべきだって。君のためにも、碧人のためにもね」

　からかいの意図が存分に込められた悪戯っぽい笑みで私の顔を覗き込み、宗太さんが言う。きっと、昨日までの私ならオタオタして否定していただけだろう。でも、今は違う。もう、私は答えを見つけているのだから。

「……ですね。私もそう思います」

　精一杯の笑みを頬に携え、宗太さんに本心のままを伝えてやった。

　宗太さんはそんな私を見てやや驚いた顔を見せると、「参ったなぁ」と頭を掻いた。

「完全に腹括っちゃってるじゃん。こりゃもう深春ちゃんのことからかえなくなっちゃったね」

「はい。なので、もうからかわないで下さいね？　本気で怒りますから」

　そう言ってから凍った笑みを向けてやると、宗太さんが「ひえっ」とわざとらしく怯えて見せた。

この男は全然懲《こ》りる気配がない。やっぱりどこかで一発ひっぱたかなければならない時が訪れそうだ。

「どうしたいのか……は、もう訊かなくてもわかるね」

宗太さんは声のトーンを落として表情を真面目なものに戻した。

私も唇を引き締め、こくりと頷く。

もうわざわざここで決意を表明する必要もない。この場所に私が来た。それが答えなのだから。

「今すぐ会いたい？」

「はい。できれば」

「うん、オッケー。碧人なら、関係者席の二階席にいると思うよ。たぶん今日は不貞腐れて下には来ないと思うし、二階から他のバンドの演奏観る気じゃないかな」

宗太さんは柔らかく微笑むと、客席後方のカーテンを指差した。

カーテンには関係者席という札が掛けられている。

「二階席へはあそこのカーテンの裏にある螺旋《らせん》階段から行けるから、行ってあげて。もし係の人になんか言われたら、招待チケット見せれば大丈夫だから」

宗太さんはそこまで言うと、早速彼を呼ぶお客さんのところへ「はぁーい！　今行くよ〜！」と蝶の如く舞って行った。

もう完全に接客モードだ。さすがチャラ男、切り替えが早い。

「……こちらこそ、ありがとうございました」

私は宗太さんの背中に、深々とお辞儀をする。

昨日、宗太さんが発破《はっぱ》を掛けてくれていなかったら、きっと大切なことに気づけないままだった。後に気づいていた可能性もあるが、碧人との状態を考えれば、その時には手遅れになっていたかもしれない。私が今日ここに来られたのは、そして人として成長できたのは、彼のサポートがあってこそだ。

まあ、本人には伝えてやらないけれど。だって、言ったら調子に乗りそうだし、あの人。

私は調子良くお客さんと話す宗太さんに背を向けると、招待チケットを財布から出して、フロア後方にあるカーテンのほうへと向かう。

一応見張りとして立っていたスタッフさんに招待チケットを見せると、どうぞ、とカーテンを捲《めく》って中に入れてくれた。

カーテンの裏は客席よりも一段と薄暗く、足元がよく見えなかった。

カーテンの中には宗太さんが言った通り螺旋階段があって、手すりに手を添えながら上っていく。階段を上っている最中に二バンド目の演奏が始まり、爆音がカーテンの向こう側から聞こえてきた。カーテン一枚隔てているのと、音が鳴っているスピーカーよりも私が高い位置に来ているからか、客席にいる時よりもずいぶんと音が小さく感じる。

そして、階段を上がり切ったところに……ベースの輝明さんとドラムの泰弘さん、それから美幸さんがいた。美幸さん達はソファに寄り掛かるようにしながら、何やら話している。二階席の一部は機材置き場も兼ねているのか、碧人のものと思われる楽器や機材が壁に立て掛けられていた。

美幸さんは私に気づくと、「あら」と顔を輝かせて小さく手を振ってくれた。続いて、輝明さんと泰弘さんも私に向かってぺこりと会釈する。

「ご、ご無沙汰してます」

私も慌てて頭を下げる。碧人と会うことばかり考えていたから、三人がいるとは思ってもいなかった。

「深春ちゃん。来ると思ってたわ」

「それは……もちろん。〝カタカムナ〟の大切な日ですから。それで、碧人は……？」

きょろきょろと二階席を見回してみるが、碧人の姿はない。まだ楽屋にいるのだろうか？

「碧人なら、裏口のほうに行ったよ」

「不貞腐れてましたからねー。からかわれるのが嫌だったんじゃないですかね」

輝明さんと泰弘さんが苦い笑みを交わして答えた。

「行ってあげたら？　伝えたいことがあるんでしょ？」

美幸さんは柔らかい笑みを浮かべて、裏口のほうを軽く頷いて示した。輝明さんと泰弘さんも、美幸さんに同意するようにして頷く。

「頑張ってね。大丈夫だから」

「……はい。ありがとうございます」

私は美幸さん達にもう一度お辞儀をしてから、裏口のほうへと急いで向かった。

きっと、大人の彼女からすれば、私達の関係性などもっと早い段階で察しがついていたのだろう。それでも彼女は何も言わず、ただ見守ってくれていた。

美幸さんにも改めてお礼をしないとな。

そう思いつつ、速足で歩を進める。フロアから離れるほど、ライブの演奏の音が小さくなっていった。

裏口に出ると、無機質な灰色の壁が立ちはだかり、その間にひっそりとした路地が延びていた。右手には赤と白の自動販売機が並んでいて、その存在だけが唯一この飾り気のない景色に彩りを添えている。コンクリートに囲まれたこの場所は、何かを隠すために作られたような秘密めいた空気をまとっていた。

もうライブが始まっているからか、人の気配もなかった。微かに聞こえる都会の喧騒が不思議とこの場所では静けさを際立たせ、ここだけ時間が止まっているかのように錯覚させる。

そして、そんな裏口の隅っこに――碧人はいた。

パーカーのフードを被って壁に寄り掛かるようにして座りながら、スマホと睨めっこをしている。

行っても、いいのかな……？

なんとなく、憚《はばか》られた。さっきステージから目を合わせてくれたけれど、私は一応『話し掛けてくんな』と言われた身。実際に今日も宗太さんから招待されたのであって、碧人から招待されたわけではない。いざ声を掛けるとなると、やっぱり躊躇《ちゅうちょ》してしまう。

裏口を出たところで立ちすくんでいると、視線を感じたのか、碧人が私の存在に気づいた。しかし、彼はすぐにふいっと視線を落としてしまう。

やっぱり私なんかとは話す気にはなれないのかな……と、思った時だった。碧人はスマホをポケットにしまうと、『おいで』と言わんばかりに私に向けて手をひらひらとさせたのだ。

それを見た瞬間、目頭が熱くなった。なんとも言えない気持ちが胸から溢れそうになるけども、ぐっと堪えて彼の隣にそっと腰掛ける。

なんだかこうしてライブハウスの裏でふたりでいると、初めて碧人と話した日のようだ。でも、あの日とは私達の関係は全く違っていて……きっとこれから、また変わるのだと思う。そんな期待と不安が胸をよぎる中、私は彼の名前を呼んだ。

「……碧人」

「あ？」

不機嫌そうな碧人の声が返ってきた。でも、その不機嫌さが装われたものであることも、今の私にはわかる。ぶっきらぼうな声音の中に、隠しきれない優しさが滲んでいたから。

勇気を振り絞って、私は続けた。

「今までたくさん気を遣わせて、ごめん」

「……おう」

「ちゃんと自分の気持ちとか、言わなくちゃいけなかったこととか……全部言ってなくて、ごめん」

「ああ」

「ちゃんとお母さんにもね、話してきた。私の気持ちとか、したいこととか、したくないこととか……これまで話せなかったことも含めて、全部話してきた」

「そうか」

碧人は私の報告を、淡々と、でもとても優しい声色で相槌を打ちながら聞いてくれていた。

「あとね、言ってなかったんだけど……その」

いよいよ本題に入ろうという時、やっぱり緊張して声が震えてしまった。

言葉が詰まってしまって、出てこない。本当に言っても大丈夫なのだろうかというくこう続ける。
その緊張が碧人にも伝わったのか、勇気づけてくれるように、私の手を取り、優し
「怖くねぇから……そのまま言ってみ？」
「……うん」
碧人の柔らかくあたたかい言葉に促され、私は自然と頷いていた。それは無意識と
言っても良かった。
頷いてしまったからには言うしかない。勇気を振り絞って、私は自らの気持ちを彼
に伝えた。
「私……私ね、幸せだったんだよ？　碧人と毎日一緒に過ごせて、一緒にいてくれて。
ギター弾いてるとこもたくさん見られて……嬉しかった。近くにいる時も、ほんとは
ずっとドキドキしてたけど……幸せで」
宗太さんとは全然違ってぶっきらぼうなのに、碧人は碧人でやっぱり聞き上手で、
一度話し出すと言葉がするすると出てくる。
それはきっと、なんでも聞いてやる、と彼が態度で示してくれていたからだと思う。
だから安心して、私はこれまで表に出せなかった本音を話せるようになっていた。
「あのね……私、碧人のことが好きなの」
生まれて初めての告白。顔が沸騰しそうなくらい熱くなって、心臓も跳ね上がって

いた。今すぐこの場から逃げ去りたいくらい恥ずかしい。

でも、伝えなきゃいけないことはまだある。これだけでは、彼は安心できないはずだから。

私は逃げたい気持ちをぐっと抑え込み、その告白に言葉を紡いでいく。

「依存してるとか、流されてるとかじゃなくて……ちゃんと好きなんだよ？　ずっとずっと……言ってなかったけど、大好きだったんだから」

そこまで言い切ってから、繋がれた手にぎゅっと力を込めた。

いつから好きだったかなんて、もう覚えていない。

もしかしたら、落ち込んでいたあの夕暮れの公園で声を掛けてくれた時から、彼に惹かれていたのかもしれない。それとも、初めてステージでの碧人を見た時かもしれないし、屋上前の踊り場で慰められた時だったのかもしれない。

でも、そんなことは今となってはもうどうでもよかった。始まりがいつだったかなんて、大した意味はない。大切なのは、今の私が彼のことを大好きで、その気持ちを自覚したうえで、彼に伝えたいと思ったこと。彼に知ってほしいと思ったことだと思うのだ。

それが私の意思で、私の願いなのだから。

「……ばーか」

碧人は頬に僅かばかりの笑みを浮かべてそう言ったかと思うと、ぐっと引き寄せられて――。次の瞬間には、ふわりと彼の香水の匂いが鼻腔を満たしていた。

「あっ……」

久々に嗅ぐ、彼の香水。気品がありつつ色っぽさも持ち合わせている、私の一番好きな香りだ。その香りが、すぐ近くから漂っている。

そこで、ようやく私は事態を把握した。

……碧人が、私を抱き寄せているのだ。

碧人の顔が私のすぐ横にあって、私の頭とぴったりとくっついている。細くて白いのに、どこか逞《たくま》しさもあるその左腕で、私をぐっと自らのほうへと引き寄せていた。

そして、大きく「はぁーっ」と溜め息を吐いている。

「碧人……？」

私は状況が理解できず、おずおずと彼の名前を呼んだ。

碧人は腕の力を緩めて私と向き合う形になると、その切れ長な目でじっとこちらを見据えた。少し緊張しているのが瞳から伝わってくる。

「なあ、深春」

碧人が私の名前を呼んだ。

彼からこうして名前を呼ばれるのは、とても久しぶりな気がする。『お前』と呼ばれるのも、正直言うとそんなに嫌ではなくなっていた。でも、やっぱり名前で呼ばれるほうが嬉しい。

「なあに？」と訊き返すと、碧人はもう一度深呼吸をしてから、私をじっと見つめた。

「もうバレてると思うけど……お前がいてくんなきゃ困んの、俺のほうっぽい」

少し気まずそうで、少し納得がいってなくて、でもどこか悟ったような口調で。そこに懇願にも似たような感情を込めて、彼は本心を紡いだ。

「お前が嫌じゃなかったら、これからも一緒にいてくれねーかな……？」

きっと、これが碧人からの返事。

ほんと……私のせいで、ずいぶんと遠回りをしてしまった。悪いことをしたな、という自覚はある。

私は彼の細い肩に両手を置いて、その切れ長の目をじっと見つめ返した。

相変わらずカラコンもしていないのに、うっすらと灰色がかった瞳で、その金髪によく似合っている。悔しいくらいに整った顔だ。

でも、私が好きなのはそんな顔の造形じゃなくて。辛い時でも寄り添ってくれるところとか、ぶっきらぼうなのに優しいところとか、口は悪いけど実は思いやってくれているところとか……結局彼の内面的なところに惹かれているから、私も全てを打ち明ける気になったのだと思う。

「……うん。私も、碧人と一緒にいたい」

そんな彼の薄灰色の瞳を見据えて、しっかり頷いてみせる。

「そのほうがきっと、私も頑張れるから。もっと碧人のこと支えられると思うから。

だから……これからも一緒にいよ？」

そう本心からの気持ちを伝えてから、そっと瞳を閉じた。

互いが自分の気持ちを言語で伝え合うからこそ、相手がしてほしいことも思いやれる。それは間違いなかった。

こうして誰かと想い合い、人は新たな『世界』を築いていくのだろう。その世界の中で、きっと私達はまだ知らない私達と出会って、ふたりで一緒に成長していく。

ふたりの唇が重なり合って、また新しい『世界』が作られていくのを実感しながら、私はそんなことを考えていた——。

# エピローグ

最寄り駅の改札を出て、私は大きく深呼吸をした。特段に空気が美味しい……というわけではないけれど、渋谷みたいなごみごみした街よりかはずいぶんと空気が綺麗だ。やっぱり渋谷の空気はいまいち私には合わない。息苦しいし、変な臭いもするし、変な人はたくさんいるし、声を掛けてくる人もいるし、正直苦手な街だ。きっと、何度行っても慣れないだろう。

でも、これからは頻繁に足を運ぶことになるのかもしれない。〝カタカムナ〟が大きくなれば、きっと主戦場となるのは渋谷のライブハウスなのだから。

「何？　どしたん？」

私が溜め息を吐いたと思ったのか、碧人が怪訝そうにこちらを見ていた。

「んーん、なんでもない。帰ろっか」

私は首を横に振って、彼に微笑み掛ける。

碧人はそんな私を見て少し驚いた顔をすると、どこか照れくさそうに視線を逸らしてさっさか歩き出した。

「あ、待ってよ」

置いて行かれそうになって、慌てて彼の横に並んだ。

結局私達は、あの後すぐに会場を後にした。私は私でもう目的を達成してしまったし、碧人も他のバンドを観る気分にはもうなれなかったそうだ。

「早くふたりきりになりたかった？」と訊いたら、「かもな」と予想外の返事が返ってきて、訊いた私のほうが赤面してしまったのは言うまでもない。

宗太さんも私達の関係が変わったことに関してはすでに察していたので「今日の説教はまた今度にしてあげるね」と悪戯っぽく笑い、碧人を解放してくれた。

「ねえ。どうして今日はあんなになっちゃってたの？」

緊張感が薄れてきたことを切っ掛けに、私は気になっていたことについて訊いてみることにした。

「あ？　あんなって、何が？」

「ライブで焦ってたっていうか、らしくなかったっていうか。普段しないミスとかしてたし。他にも最近バンドのことで色々空回りしてたって宗太さんから聞いてたから」

「……あの野郎。そんなことまで言ってやがったのか」

碧人は舌打ちをして、足元の小石を蹴り飛ばした。

私が今日宗太さんから招待されていたことについては、すでに伝えてある。招待された際にどんな話をしたのかについても、帰りの電車の中でおおよそ話した。

碧人はそれに対して「余計なことしやがって」と毒突いていたけれど、それはきっと照れ隠しだ。

「もしかして、私のせい？」

「あー、そうそう。全部お前のせい——って言いてーところなんだけどさ。実際は、ただ俺が弱かっただけなんじゃねーの」

碧人は少し不貞腐れた様子でそう答えた。

「自分から距離置こうって言っておいて、自分でもお前がちゃんと言えるようになるまで我慢しようって思ってたんだけどさ……でも、実際は全然我慢なんかできなくて。そういやお前のこと笑わせたことねーな、とか。きっと凹んでんだろうな、とか……気づいたら、お前のことばっか考えてた」

学校に来る回数が減ったのもそれが原因だった、と碧人は言った。

「まー、でもやっぱ楽器って正直でさ。そういうメンタル面とかも全部出てきて、全然前みたいに弾けなくなってやんの。その結果がさっきのステージってわけ」

彼は自嘲的な笑みを浮かべ、肩を竦めてみせた。

さっきのステージの碧人は、本当に目を覆いたくなってしまうような姿だった。上手く泳げたはずなのに泳ぎ方がいきなりわからなくなってしまった魚みたいで、とにかく息苦しそうで。もう二度とあんな彼を見たくない。

「ほんとここ最近ずっと、いや、ステージからお前見るまで……完全に俺は、自分を見失ってたんだ」

碧人は誰かに弱音を吐く性格でもないし、私に見えないところでずっと苦しんでいたんだと思う。自分の中に全部抱え込んで、ガムシャラにギターを弾いて不安や葛藤と戦っていたのだろう。それを思うと、胸が痛くなった。

「今度からは、ちゃんと話してね……？　私なんかで、力になれるかどうかわかんないけど」

「バカ、もう大丈夫だよ」

「そうなの……？」

「ああ。お前がこうして、傍にいてくれるならな」

そこまで言うと、碧人は舌打ちをして私から視線を逸らした。自分で言って恥ずかしくなったのかもしれない。

「それよか、お前は良かったのかよ」

暫く無言で歩いていたかと思えば、碧人が唐突によくわからないことを訊いてきた。

「良かったって、何が？」

「いや、最近前みたいに〝優等生〟に戻れてただろ。普通に友達とかもできてたみたいだしさ。ここで俺と付き合ってたら、また前みたいになるんじゃねーの？」

どうやら、椎名さん達とのことを心配してくれているようだ。碧人と付き合うことになったら、椎名さん達が怖がってまた私がぼっちにさせられてしまうのではないかと危惧しているのだろう。

でも、私は自信を持ってこう言える。

「ならないよ」

「なんでそう言い切れんだよ」

「だって、私は自分の意思でこれからも優等生でい続けようって思ってるから」

これも、私が出した結論の一つだ。

これまでは、私が〝優等生〟でいたらお母さんも安心だろうと思っていたから、そうありたいと思った。周囲も私に、そういう外瀬深春像を求めていた。だから、私は期待に応えるために、その姿を演じて生きてきた。

でも、これからは違う。私は私の意思で、優等生でありたいと思うのだ。

「椎名さん達といるとね、やっぱり生きやすいなーって思うの。あの子達も優等生だし、気が合うんだと思う。私もずっとそうやって生きてきたから、そっちのほうが自分らしいなって思うところもあるしね」

「じゃあ、やっぱまずいじゃねーか」

「まずくないよ。だって、どっちも両立させればいいだけだもん」

「は？　両立って、何を？」

「優等生でありつつ、碧人のカノジョでもありたいってこと。それって別に両立できないことじゃないでしょ？」

そう、簡単な話だ。私は付き合いたい人と付き合えばいいし、私の生きたいように生きればいい。

誰かの目とか、評価とか、そういったものを気にして行動基準を定めるのではなくて、自分の生きたいように生きる。それは何も難しくないはずだ。

「私は私でこれまでと変わらず優等生をしながら、碧人ともちゃんと付き合う。ううん、私がそうしたいの」

それが、私の意思。少なくとも、今のなりたい自分だった。

まだ将来のこととか、自分が何になりたいかなんてわからない。でも、結局将来とか未来の自分は『今』の自分の延長線上にいるのは間違いない。そうであるなら、『今』の自分がなりたい自分であれば、自ずと将来の私もなりたい自分になっているのではないだろうか。

だから、今の私にできることは、全力で『今』を生きるということ。後悔のないように、明日の私は今日の私が作ると思って、やるべきことをしっかりとやること。それがいつか理想の私へと導いてくれると信じて。

それに、碧人はきっと、これから成功への道を歩き始める。宗太さんの言っていた通り、バンドが本当に成功するかまではわからないけれど、それでも彼は自らの道を突き進むだろう。そんな碧人の隣にいるには、置いて行かれないようにするには、私も彼に相応じい人間になっていなければならないと思うのだ。

ただ、これでは私だけ背伸びして頑張ることになりそうでちょっと癪なので、少しだけ反撃してみることにした。

「それに、私がしっかりしてないと、碧人、高校卒業できないでしょ？」

わざと意地悪に言ってみる。プライドの高い碧人には、きっとこれが効くはずだ。

案の定、彼は目を見開いて怒りを露《あら》わにする。

「はぁ!? ンなことねーし！」

笑いをこらえながらも、私はさらに畳み掛ける。

「あとほら、バンドマンってすぐヒモになりたがるって言うじゃない？　だったら、私がちゃんとしておかないと碧人がぶら下がれないかなって」

「あのなぁ……俺をそこらのクズバンドマンと一緒にすんな」

「ほんとかなぁ。見た目だけなら今も結構そんな感じだけど」

「おい」

「もう、冗談だってば。怒らないでよ」

見た目は否定できなかったらしく、思ったよりも本気のトーンで叱られてしまった。でも、そうして怒る碧人を可愛く思ってしまう。ダメだ、結構私の入れ込みっぷりも深刻かもしれない。

そんなことを考えながらひとりくすくす笑っていると、不意に彼は立ち止まって、私の手をぐっと引いた。身体を後ろに引っ張られ、自然と顔を向き合わせる形になる。

驚いて彼を見上げると、碧人は神妙な面持ちでこちらを見ていた。

「いや、まあ……真面目な話さ。俺も、お前が恥ずかしくないようにちゃんとするから。音楽だけじゃなくて、他のことも」

「……うん。そんなの、わかってるよ」

私達は優等生と不良バンドマンで、きっと対極にいる存在。それなのに、彼のこの言葉を聞いた時、きっと碧人も私と同じように『今』のなりたい自分を追おうとしているのだな、というのが伝わってきた。

やっぱり私達は、対極の存在でありながら、どこか似た者同士だ。

「これからもずっと一緒にいようね、碧人」

私の言葉に碧人が頷き――そして、ふたりの手のひらが、しっかりと重なった。

碧人の手の温もりが、どこか不安だった心をそっと溶かしていく。

形ばかりの〝優等生〟として生きてきた日々は、決して悪くはなかった。

でも、それはただ自分から目を背けて、楽をしていただけなのだと思う。そのせいで、私は大切なものを失いそうになった。

だから――これからは、自分を生きよう。

〝優等生〟だった私は、もう死んだのだから。

（了）

この物語はフィクションです。実在の人物、団体等とはいっさい関係ありません。

**毎月10日前後発売！ 最新情報はこちらから**

X
@pastel_novel

Instagram
@pastel_novel

TikTok
@pastel_novel

## 『今日、優等生は死にました』

九条 蓮

**ノイズだらけの世界でキミを見つけた——**
**心震える青春ラブストーリー。**

周囲とうまくやろうと同調し、優等生でいるよう努力を欠かさなかった外瀬深春。しかし高二に進級してすぐ、いじめの対象になってしまう。ボロボロにされた教科書を手に公園で途方に暮れていると、同じクラスで不良と噂の三上碧人が偶然通りかかる。この日をきっかけに、クラスでは孤立する一方、碧人との交流が深まっていく。新しい世界を知ると同時に芽生え、初めて知る感情。恋や依存——。自分らしさを見失っていた、深春が見つけ出した答えとは。

ISBN978-4-575-59003-6

## 『色を忘れた世界で、君と明日を描いて』

和泉あや

**過去の後悔と本当の自分に向き合う**
**感涙必至の「青春リライト物語」!!**

高校２年生の森沢和奏は、ある出来事のせいで人に意見を伝える事に臆病になっていた。彼女には佐野翔梧という幼馴染みがいて、思った事をすぐ口にする彼を和奏はいつからか避けるように。ある日の帰り道、２人が乗った電車が大きな音と共に傾き、顔を上げるとそこはいつもの教室で…。いきなり始まった同じ１日を繰り返す日々。リセットのたびにキャンバスから色が消え、視界の色彩まで変化していることに気づいて——。この現象から抜け出す方法は…!?

ISBN978-4-575-59002-9

九条蓮先生へのメッセージは
WEBサイトのメッセージフォームより
お寄せください。

双葉文庫
パステルNOVEL
く-33-01

今日《きょう》、優等生《ゆうとうせい》は死《し》にました

2025年4月12日　第1刷発行

著　者　九条蓮

発行者　島野浩二

発行所　株式会社双葉社
〒162-8540 東京都新宿区東五軒町3番28号
［電話］03-5261-4818（営業部）03-5261-4835（編集部）
双葉社ホームページ（双葉社の書籍・コミックスが買えます）
https://www.futabasha.co.jp

印刷所　中央精版印刷株式会社

製本所　中央精版印刷株式会社

フォーマット・デザイン　日下潤一

デザイン　福田由起子

イラスト　ふすい

落丁・乱丁の場合は送料小社負担にてお取り替えいたします。「製作部」宛にお送りください。ただし古書店で購入したものについてはお取り替えできません。
［電話］03-5261-4822（製作部）
定価はカバーに表示してあります。



ISBN978-4-575-59003-6 C0193
Printed in Japan